Leonis
La Prisonnière des dunes

Dans la série Leonis

Leonis, Le Talisman des pharaons, roman, 2004.

Leonis, La Table aux douze joyaux, roman, 2004.

Leonis, Le Marais des démons, roman, 2004.

Leonis, Les Masques de l'Ombre, roman, 2005.

Leonis, Le Tombeau de Dedephor, roman, 2005.

Roman pour adultes chez le même éditeur

Le Livre de Poliakov, roman, 2002.

MARIO FRANCIS

Leonis
La Prisonnière
des dunes

Les Éditions des Intouchables bénéficient du soutien financier de la SODEC, du Programme de crédits d'impôt du gouvernement du Québec et sont inscrites au Programme de subvention globale du Conseil des Arts du Canada.

Nous reconnaissons l'aide financière du gouvernement du Canada par l'entremise du Programme d'aide au développement de l'industrie de l'édition (PADIÉ) pour nos activités d'édition.

LES ÉDITIONS DES INTOUCHABLES
2316, avenue du Mont-Royal Est
Montréal, Québec
H2H 1K8
Téléphone: (514) 526-0770
Télécopieur: (514) 529-7780
www.lesintouchables.com

DISTRIBUTION: PROLOGUE
1650, boulevard Lionel-Bertrand
Boisbriand, Québec
J7H 1N7
Téléphone: (450) 434-0306
Télécopieur: (450) 434-2627

Impression: Transcontinental
Infographie, logo et maquette
de la couverture: Benoît Desroches
Illustration de la couverture: Emmanuelle Étienne

Dépôt légal: 2005
Bibliothèque nationale du Québec
Bibliothèque nationale du Canada

ISBN 2-89549-190-9

1
LA SÉPULTURE

Leonis tomba à genoux sur le sol nu, âpre et craquelé de la nécropole. Trois jours auparavant, les grandes barques transportant l'enfant-lion et son escorte avaient touché les débarcadères animés du port de Thèbes. En atteignant les premiers murs de la cité, le sauveur de l'Empire avait éprouvé une vague angoisse mêlée de chagrin. Thèbes l'avait vu naître. La place du marché, qu'il lui avait fallu traverser pour gagner les premières rues de la ville, avait éveillé en lui une succession de souvenirs à la fois tendres et amers. Cet endroit lui rappelait la dernière journée qu'il avait pu partager avec son père Khay, sa mère Henet et sa petite sœur Tati. En effet, c'est au milieu de cette atmosphère quasi suffocante dans laquelle se confondaient tous les arômes et toutes les puanteurs de la glorieuse Égypte que Leonis avait vu sa famille réunie une ultime fois.

Ce jour-là, le jeune Khay et la belle Henet avaient entraîné leurs enfants dans la cohue de la grande foire thébaine. Ce lieu avec son effervescence de fourmilière, ses commerçants criards et ses boutiques colorées faisait imman-quablement la joie de l'énergique et curieux Leonis. Tati, quant à elle, comme chaque fois qu'elle venait là, ne cessait de pleurnicher. La petite voulait caresser les vaches, les ânes et les oies. Elle réclamait à grands cris une poupée, une robe ou un jouet. Khay et Henet cédaient rarement à ses caprices. Ainsi, après maintes tentatives infructueuses, la fillette finissait toujours par comprendre qu'elle ne parviendrait guère à convaincre ses parents. Elle commençait alors à mimer l'épuisement. Elle flageolait sur ses jambes menues et tendait les bras vers Khay. Le jeune homme, d'un seul geste et de bonne grâce, l'installait sur ses épaules en s'efforçant de ne pas rire.

Durant un instant, les images de cette dernière visite familiale au marché avaient défilé dans l'esprit de l'enfant-lion. Il avait revu sa mère qui portait une jolie robe de lin rouge. Un panier rempli de victuailles était appuyé sur sa hanche. Henet et Khay faisaient des provisions en vue d'un bref périple sur le Nil. Ce voyage était prévu pour le lendemain. Tati, comme d'ordinaire, se retrouvait assise sur les épaules vigoureuses de son père. Leonis, lui, vivait ces instants avec l'insouciance du gamin heureux qu'il était. S'il avait su ce qui l'attendait, il eût enlacé sa mère et son père de toutes ses forces. Il eût hurlé pour les supplier de ne pas s'aventurer sur le grand fleuve à l'aube du jour suivant. Seulement le garçon n'avait pas la moindre idée du drame qui se préparait. Il était au marché de Thèbes, accompagné des siens, par une journée semblable à toutes les journées que le dieu Rê embrasait de ses feux.

Khay n'était pas rentré avec Henet et les enfants. Le père de Leonis était le scribe attitré d'un riche propriétaire terrien qui se nommait Neferabou. Ce dernier avait probablement confié au jeune homme une dernière tâche à accomplir avant son départ. Ce soir-là, lorsque Khay avait regagné sa demeure, Tati et Leonis dormaient à poings fermés. Au lever du soleil, sans éveiller la maisonnée, le scribe et son épouse avaient pris le chemin du rivage. Une domestique devait veiller sur les enfants durant leur courte absence. Le couple avait été invité à une fête organisée par l'un des nombreux amis de Khay. Malheureusement, les parents de Leonis n'allaient jamais participer à ces festivités. Par ce triste matin, la petite barque qui les emportait avait chaviré. Henet ne savait pas nager et son époux avait sans doute tout tenté pour la préserver de la noyade. Des pêcheurs avaient assisté au naufrage. Ils étaient toutefois trop éloignés pour intervenir à temps. À leur arrivée sur les lieux, ces braves hommes avaient repêché deux corps sans vie. Khay emportait toujours avec lui un étui de scribe sur lequel était gravé son nom. C'est grâce à cet objet que les dépouilles avaient rapidement pu être identifiées.

Quelques heures plus tard, le vieux Neferabou, consterné, avait annoncé à Leonis que ses parents avaient rejoint le royaume des Morts. Le garçon n'avait pas réagi. Du moins pas tout de suite. Car, en s'abandonnant à l'immense détresse qui l'oppressait, il eût du même coup admis que Khay et Henet ne reviendraient plus. Il ne pouvait croire qu'une telle chose fût possible. Plusieurs jours après la tragédie, Leonis avait assisté aux funérailles sans baisser la tête et sans verser la moindre larme. Pendant les cérémonies, il avait eu la conviction d'évoluer dans un mauvais rêve. Les deux cercueils, disposés côte à côte dans une belle barque funéraire richement décorée, n'étaient pas réels. Les corps de ses parents ne pouvaient pas se trouver à l'intérieur. La traversée du Nil et la montée au tombeau faisaient également partie de cet horrible et interminable songe. La flottille avait atteint la rive occidentale, et le cortège avait progressé lentement vers la nécropole. Avec la vaine intention de se soustraire aux lamentations des pleureuses, Leonis avait plaqué ses mains sur ses oreilles. Ces femmes à demi nues suivaient les défunts en hurlant et en se frappant la tête de leurs paumes ouvertes. Leurs cris vrillaient les tympans et déchiraient le cœur. Les prêtres avaient ensuite procédé aux derniers rituels et les débordements de souffrance avaient décuplé. Il fallait dire adieu aux momies. À l'instant insupportable où le maçon avait commencé à murer la porte du tombeau, les larmes de Leonis avaient enfin jailli. La vérité lui était apparue avec la violence et la promptitude d'une gifle. Le brouillard d'indolence qui l'enveloppait avait été balayé. Il ne pouvait plus douter de la mort de ses parents. Il était désormais orphelin.

Le gamin avait pleuré pendant des jours. Il avait même voulu gagner le grand fleuve dans le but de s'y noyer à son tour. Puis il avait songé que Khay eût certainement attendu de lui qu'il se montrât brave malgré le terrible chagrin qu'il éprouvait. Tati n'avait que cinq ans. Elle avait besoin de son grand frère. Leonis s'était alors promis de la réconforter et de ne jamais l'abandonner. Il avait séché ses propres larmes et si, par la suite, il avait souvent ressenti le besoin de laisser libre cours à ses sanglots, il avait tâché de le faire dans la solitude. Après la mise au tombeau de Khay et de Henet, le maître Neferabou avait souvent emmené Leonis et Tati dans la nécropole. À cette époque, la sépulture était soigneusement entretenue et le vieil homme veillait à ce que les prêtres funéraires assurassent les rituels. Neferabou avait aimé Khay comme un fils. Il avait la ferme intention d'offrir un brillant avenir à ses enfants. Le vieux maître comptait même envoyer Leonis à l'école afin qu'il suivît les traces de son père. Le garçon était doué. De surcroît, Khay lui avait déjà enseigné les rudiments de l'écriture. Malheureusement, Neferabou était mort un an après son regretté scribe. Son fils Pendoua, qui avait toujours détesté Khay, s'était empressé de vendre Tati et Leonis à des marchands. Les orphelins étaient donc devenus esclaves. Depuis ce jour, le sauveur de l'Empire et sa petite sœur étaient séparés.

Cet après-midi-là, plus de cinq années après son bouleversant départ de Thèbes, Leonis retrouvait la sépulture de ses parents. Il avait fallu consulter les registres pour la repérer. Un fonctionnaire chargé de l'entretien de la nécropole avait conduit l'enfant-lion et ceux qui l'accompagnaient au modeste tombeau situé sur le flanc d'une colline abrupte. Devant l'entrée, seule une stèle de granit sombre sur laquelle étaient gravés les noms des occupants subsistait. Les blocs de calcaire blanc qu'on avait naguère utilisés pour murer la porte n'étaient plus là. Ils avaient été remplacés par de piètres briques de limon. De toute évidence, on avait profané la demeure d'éternité de Khay et de Henet. Leonis serra les poings. Il se tourna vers le fonctionnaire pour lui lancer un regard furieux. D'une voix étranglée par l'émotion, il se récria :

— Quelqu'un est entré dans cette tombe ! La dernière fois que je suis monté ici, il y avait une fausse porte de calcaire devant l'entrée ! L'hypogée de mes parents n'avait pas la splendeur de ceux des riches, mais il était convenable ! Des scélérats ont pillé ce tombeau et ils ont refermé la porte avec de vulgaires briques crues ! Ne me dites pas que vous ne l'aviez pas remarqué avant aujourd'hui !

L'homme était mal à l'aise. Si Leonis avait été seul, il eût simplement répliqué que ces choses-là ne le concernaient pas. Toutefois, parmi les trois personnages qui accompagnaient l'adolescent se trouvait un grand prêtre. Devant un homme de cette importance, il fallait faire preuve de tact et affirmer que la protection des tombeaux était des plus rigoureuses. Il ne fallait pas que cet honorable homme de culte s'imaginât que les surveillants de la nécropole prenaient leur tâche à la légère! Après un long moment d'hésitation, le fonctionnaire répondit sur un ton empreint de respect:

— Je n'oserais pas vous contredire, mon garçon. Après tout, il s'agit là de la sépulture de vos parents. Vous devez bien savoir dans quel état elle se trouvait la dernière fois que vous êtes venu. Seulement, elle n'a pas été pillée. Il n'y a jamais eu de pillage dans l'enceinte de cette nécropole. Nous veillons sur le repos des défunts et…

Le prêtre l'interrompit:

— Dans ce cas, où sont donc les dalles qui décoraient l'entrée? Mon jeune ami n'est pas fou!

— Je… je ne pense rien de tel, grand prêtre Ankhhaef. Si j'en juge par son état, cette tombe n'a pas été entretenue depuis des années. Elle a été négligée. Vous n'êtes pas sans savoir qu'il appartient aux proches des morts de restaurer ce que le temps dégrade. Il s'est sans doute passé quelque chose de fâcheux depuis la dernière visite de… de votre ami. Les dalles ont peut-être été endommagées à la suite d'un effondrement de la paroi. Des ouvriers auront sans doute retiré les pierres

16

cassées avant de reboucher l'accès avec des matériaux moins coûteux… Qu'en sais-je? Si un tel incident s'est produit, il est certainement mentionné dans les registres. Nous pourrions aller y jeter un coup d'œil. De cette manière, ce garçon aura une idée claire de ce qui est arrivé au tombeau de ceux qui étaient chers à son cœur.

— C'est ce que nous allons faire, rétorqua Ankhhaef. Je tiens à m'assurer que ce délabrement n'est pas le fruit de votre négligence. S'il y a eu pillage, les responsables de cette nécropole en subiront les conséquences.

Le malheureux fonctionnaire baissa la tête. Le grand prêtre Ankhhaef s'approcha de l'enfant-lion. Il posa une main tendre sur son épaule et murmura:

— Je suis désolé, Leonis. Je veillerai personnellement à ce que tes parents reposent dans une sépulture qui soit digne d'eux. Je vais aller consulter les registres et nous ferons la lumière sur ce qui s'est passé ici. Montu et Menna m'accompagneront. Pour le moment, tu as besoin d'être seul, mon garçon. Tu as beaucoup de choses à raconter à Khay et à Henet.

— Merci, grand prêtre, soupira le sauveur de l'Empire. Pourvu que les corps de mes parents n'aient pas été endommagés! J'espère que cet homme a raison lorsqu'il prétend que leur tombeau n'a pas été violé.

— Cet homme me semble sincère, Leonis. Je suis l'un des plus influents membres du clergé. S'il a osé me mentir, c'est la folie qui a parlé par sa bouche.

Ankhhaef caressa la tête de l'enfant-lion. Sans rien ajouter, il tourna les talons pour rejoindre Montu et le soldat Menna. Leonis salua ses amis d'un signe de la main. Ces derniers lui rendirent son salut. Le grand prêtre prononça quelques mots à voix basse; puis, accordant leurs pas à ceux du fonctionnaire, les compagnons du sauveur de l'Empire se dirigèrent vers la sortie du cimetière.

Leonis se retrouva seul dans un silence propice au recueillement. Il se leva et s'approcha de l'entrée du tombeau pour effleurer de ses doigts tremblants le pan de briques grossières qui la bouchait. Il se mit de nouveau à genoux et plaqua son front sur cette surface rugueuse. Il pleura longuement avant de pouvoir articuler un mot. Son regard flou suivait la chute de ses larmes qui se dissipaient rapidement sur le sable durci et brûlant. D'une voix enrouée, il murmura enfin:

— Khay et Henet... Entendez mes paroles. Ne soyez pas sourds... Entendez les pleurs de votre enfant... Je ne vous ai pas oubliés...

Vous avez sans doute rencontré le bon maître Neferabou dans le royaume des Morts… Son fils Pendoua a hérité de sa demeure, de ses terres et de ses bêtes ; mais Neferabou ne pouvait lui léguer son cœur juste et généreux. Pendoua m'a vendu comme esclave… Il a aussi vendu Tati… Il nous a séparés… J'ai sculpté la pierre sur un chantier de Pharaon… J'ai peiné durant cinq ans… Je ne pouvais plus venir me recueillir sur votre tombe. Aujourd'hui, je la retrouve profanée et j'en éprouve beaucoup de chagrin. J'espère que cet affreux geste n'aura pas troublé votre voyage vers l'Autre Monde… Soyez en paix, Henet et Khay… Je ne suis pas un fils ingrat. Bientôt, l'encens embaumera de nouveau votre maison d'éternité. Je reviendrai souvent et, un jour, notre tendre petite Tati sera avec moi…

Du revers de la main, Leonis essuya les larmes qui brouillaient son regard. Il inspira profondément et son visage triste s'éclaira d'un vague sourire. Il passa ses doigts en peigne dans ses longs cheveux noirs avant de continuer :

— Bien des choses se sont passées, Khay et Henet. Maintenant, on m'appelle « l'enfant-lion ». Lorsque j'étais petit, vous parliez souvent de cette tache de naissance qui marque mon dos. Puisqu'elle a la forme d'un lion, vous disiez que la puissante déesse Sekhmet m'avait offert un peu de sa force. Vous n'étiez pas loin de la vérité. Cette marque est bel et bien un signe des dieux. Grâce à elle, les prêtres du royaume ont reconnu en moi le sauveur de l'Empire… De l'endroit où vous êtes, pouvez-vous assister à ma quête ? Pouvez-vous voir que ma demeure est plus belle encore que celle du bon maître Neferabou ? Les gens sont fiers de moi, Khay et Henet. Pharaon lui-même m'admire… Mais je voudrais tant entendre vos voix… C'est dans vos yeux que je voudrais lire cette fierté… Cette même fierté que je voyais chaque fois que votre regard se posait sur moi… Je n'étais pas l'enfant-lion, je n'étais que Leonis, votre fils… et c'était bien suffisant… Vous êtes toujours dans mon cœur, Khay et Henet… Vous me manquez tellement…

De nouveau, les yeux de l'adolescent s'emplirent de larmes. Pleurer le soulageait. Il avait l'impression que le chagrin qui gonflait son cœur devenait moins lourd après chaque nouveau soupir. Lorsqu'il leva la tête, il vit un chat noir qui se tenait à trois coudées de lui. L'animal le fixait de son regard d'ambre chatoyant. Lorsque le félin lui adressa la parole, Leonis ne s'en étonna pas outre mesure. Ce n'était pas la première fois qu'il rencontrait la déesse Bastet.

2
LE DUEL DES DIEUX

— Bonjour, enfant-lion, commença la déesse-chat. Sache que je suis chagrinée de nuire ainsi à ton recueillement. Il fallait que je le fasse. Ton sort et celui de l'empire d'Égypte en dépendent.

— Que se passe-t-il, déesse Bastet? demanda Leonis avec inquiétude.

Le félin s'approcha, fouetta l'air de sa longue queue, s'assit et laissa planer un lourd silence avant de déclarer:

— Tu dois interrompre la quête des douze joyaux, mon garçon.

Leonis sursauta. Ses traits demeurèrent impassibles, mais une vive stupeur pointa dans ses iris verts. Il s'essuya les joues, s'installa en tailleur et observa les alentours afin de s'assurer que personne ne l'épiait. D'une voix chevrotante, il murmura:

— Vos... vos paroles n'ont aucun... sens, déesse Bastet. Je... je ne peux interrompre ma quête. Il... il reste moins de trois années avant la fin des fins... Pour éviter la colère du dieu-soleil, je dois rapidement livrer l'offrande suprême. Il y a peu de temps, dans un rêve, vous m'avez fait voir ce que deviendrait la terre d'Égypte si je n'accomplissais pas ma mission... Si j'abandonne, le désert engloutira la vallée du Nil. Vous m'avez montré ce monde sans vie pour m'encourager à continuer. Maintenant, vous me dites de tout laisser tomber. J'ai travaillé tellement fort ! Je dois encore découvrir six des douze joyaux pour préserver les Deux-Terres[1] du grand cataclysme. Le temps presse et...

— Je ne te demande pas d'abandonner ta quête, Leonis. Seulement, si nous tenons à ce que l'offrande suprême soit livrée à Rê, tu devras momentanément renoncer à retrouver les six derniers joyaux de la table solaire. Tu n'as aucun choix, enfant-lion. Un être maléfique est sur le point de s'allier aux ennemis de la lumière. Il s'agit d'un puissant sorcier qui est sous le parrainage du dieu Seth. Pour l'instant, ce sorcier, qui se nomme Merab, n'a guère envie d'agir contre toi. Il sait que, s'il le fait, la mort

---

1. Les Deux-Terres : le royaume comportait la Basse-Égypte et la Haute-Égypte. Le pharaon régnait sur les Deux-Terres.

le prendra. Ce vieil envoûteur a cinq cents ans. Il a cédé son âme au dieu du chaos afin de vivre éternellement sur terre. Il a voué sa vie au mal et jamais il ne pourra pénétrer dans le royaume des Morts. S'il mourait, il serait condamné à l'errance éternelle. Merab sait bien qu'il ne pourra survivre au grand cataclysme. Il n'éprouve donc aucun désir d'anéantir le seul être qui puisse empêcher la fin des fins.

— Si ce sorcier n'a pas envie de me nuire, pour quelle raison devrais-je m'inquiéter ? Pourquoi devrais-je interrompre ma quête ?

— Merab finira par te causer du tort, Leonis. Il n'y tient pas, mais j'ai la certitude que Seth saura trouver les arguments qui forceront ce personnage à sévir contre toi. Merab n'est qu'un jouet entre les mains de son maître. Je t'ai déjà expliqué que les dieux ne peuvent influencer l'existence des mortels. Seth prétend qu'il n'a pas ordonné à Merab de rejoindre les rangs des adorateurs d'Apophis. Je ne crois pas en ses paroles. Seth est un tricheur et il a certainement enfreint les règles divines. Il peut influencer la vie de son sorcier. Toutefois, il n'a pas le droit de se servir de Merab pour intervenir dans l'existence des humains. Seth désire occuper le trône du royaume des Dieux. Puisqu'il est la divinité des lieux stériles, il espère que le grand cataclysme surviendra. Dans un monde sans vie, il serait le seul à pouvoir régner. Il m'en veut de t'avoir conféré la faculté de te transformer en lion. Seth estime que j'ai triché. J'ai pourtant respecté les règles lorsque je t'ai donné ce pouvoir. Tu étais alors dans un domaine divin. Ce lien surnaturel qui nous unit me permet de communiquer avec toi en me glissant dans tes rêves. Merab, lui, n'est pas un mortel comme les autres. Dans un monde sans danger, il pourrait vivre éternellement. Cependant, la longévité que lui a conférée le tueur de la lumière ne le préserve pas de tout. Son corps ne connaît guère la maladie, son sang se purifie et le poison est sans effet sur lui. Pourtant, une simple mauvaise chute pourrait causer sa mort. Sous cet aspect, il est pareil à tous les hommes… Mais Merab n'est plus vraiment un homme. Seth n'a pas besoin des rêves pour entrer en contact avec lui. Merab n'apparaît plus dans les registres divins. Il n'est ni dieu ni humain. Il n'est qu'un pantin et Seth peut lui parler directement sans qu'aucun dieu ne le sache. Nous ne pouvons surveiller Merab constamment. Je suis certaine que son maître l'a rencontré. Horus a vu le sorcier quitter sa tanière. Il marche vers le nord. Seth m'a avoué que Merab est en route pour le repaire de Baka.

— Justement, déesse Bastet, ne pouvez-vous pas m'indiquer l'endroit où se terrent les adorateurs d'Apophis?

— Si je le faisais, je contreviendrais aux règles, Leonis. La lutte qui oppose Pharaon et les ennemis de la lumière ne concerne que les mortels.

Leonis hocha la tête d'un air contrarié. Il passa une main nerveuse dans ses cheveux et proposa:

— Puisque Merab n'est pas un mortel, vous pourriez l'anéantir sans désobéir aux règles. Vous êtes certainement assez puissante pour le faire.

— Bien sûr, enfant-lion. Je pourrais facilement éliminer Merab. Seulement, si j'osais, Seth ne tarderait pas à se venger. Je soupçonne le tueur de la lumière d'avoir envoyé son sorcier à la rencontre de Baka, mais aucune preuve ne me permet de l'affirmer. Si la décision de rejoindre les adorateurs d'Apophis appartient véritablement à Merab, c'est le hasard qui aura fait en sorte que les choses se passent ainsi. En empêchant le sorcier de rejoindre Baka, j'influencerais une situation touchant des mortels. Selon Seth, les adorateurs d'Apophis avaient déjà sollicité les services du vieil envoûteur. Il semble même que c'est grâce à lui qu'ils ont pu retrouver ta petite sœur avant les hommes de Mykérinos.

Le sauveur de l'Empire fixait le sol en jouant nonchalamment avec un caillou. Il leva lentement la tête pour planter son regard dans celui du félin. Sur un ton tranchant, il lança :

— Si Merab a vraiment aidé ces canailles à retrouver ma sœur, ce n'est certainement pas la faute du hasard. Seth semble beaucoup plus actif que les autres divinités. Pendant que vous respectez les règles, il triche. Il influence ma vie en se servant de son sorcier et, vous, vous ne remarquez rien. Maintenant, les adorateurs d'Apophis disposeront d'un allié puissant. Cet homme pourra m'envoûter et vous ne ferez rien pour l'en empêcher. Vous avez raison, déesse Bastet, il vaut mieux que j'abandonne la quête des douze joyaux. De toute manière, je vais échouer. Pour vous, l'existence de l'empire d'Égypte a moins d'importance que le respect des lois divines. Lorsque Merab me lancera un sort, vous assisterez à la scène sans intervenir. Que pourrai-je faire contre un aussi redoutable sorcier ?

Bastet se leva, s'étira longuement et se caressa une oreille à quelques reprises. Ensuite, sans se rasseoir, elle annonça :

— Il existe un moyen de contrer Merab, mon garçon. C'est pour t'en parler que je suis venue. Ne trouves-tu pas étrange le fait que je me sois matérialisée devant toi sans avoir recours au rêve?

Leonis haussa les épaules. Bastet continua:

— Seth est au courant de ma présence ici. Je lui ai fait une proposition et il l'a acceptée. Il m'a autorisée à t'envoyer à la recherche du seul être qui puisse opposer ses pouvoirs à ceux de Merab. Il s'agit d'une sorcière. Cette dernière appartient à Horus. Il y a longtemps, cette femme s'est mesurée à Merab. La lutte a duré des semaines. Le sorcier de Seth l'a vaincue. Il lui a jeté un sort et, depuis ce jour, elle est retenue prisonnière dans une oasis qui se situe au beau milieu d'un territoire appelé «les Dunes sanglantes». Seul un mortel peut la libérer. Les hommes ne connaissent pas ce lieu. Il faut franchir une porte pour y pénétrer. Ce territoire appartient à Seth. Cependant, puisque le ciel est l'un des domaines du dieu Horus, un faucon pourra te guider vers l'oasis dans laquelle est confinée la prisonnière des dunes. Tu n'auras qu'à suivre cet oiseau pour atteindre la porte. Le faucon d'Horus te guidera également durant la traversée des Dunes sanglantes.

— Cela me semble beaucoup trop facile, déesse-chat, répliqua Leonis. Maintenant, si vous me révéliez les surprises qui m'attendent sur ce territoire… Il y en aura certainement, non?

— Tu as raison, enfant-lion. Tout d'abord, tu seras sur le territoire de Seth. Dès que tu auras franchi la porte conduisant aux Dunes sanglantes, je ne pourrai plus rien faire pour te venir en aide. Tu ne pourras pas te métamorphoser en lion. Les Dunes sanglantes sont sans merci pour ceux qui s'y risquent. Seth peut agir comme il l'entend dans ce coin du désert. En t'y engageant, tu aurais normalement été condamné à une fin atroce.

— Normalement, dites-vous. Et maintenant? Qu'est-ce qui a changé, déesse Bastet? Qu'est-ce qui pourrait empêcher le tueur d'Osiris de m'anéantir?

— J'ai fait une proposition à Seth. Je lui ai dit que je t'enverrais libérer la prisonnière des dunes s'il acceptait de… de jouer… ta vie, Leonis.

— Je… je ne comprends pas, déesse-chat. Que voulez-vous dire?

— Seth a accepté d'affronter son neveu Horus. Les deux adversaires ne se battront pas. Ils joueront. Seth est orgueilleux et il est certain de gagner. Il n'a donc pas refusé cette occasion de voir le sauveur de l'Empire traverser son territoire. Le jeu sera simple. Ses règles ont été établies par la déesse Maât. Le duel commencera lorsque tu auras franchi la porte. Pour le moment, j'ignore à quoi ressemblera l'affrontement. Je sais néanmoins que si Horus l'emporte, tu atteindras l'oasis. Dans le cas contraire…

— Je mourrai… Seth prendra ma vie… Vous n'avez pas à hésiter ainsi, déesse-chat. Tout est clair. Mon existence reposera entre les mains d'Horus et, si Seth gagne, le grand cataclysme ne pourra être évité. Le tueur de la lumière aura donc également remporté le trône du royaume des Dieux. Il ne lui restera plus qu'à patienter.

— Je ne pouvais faire autrement, mon garçon. Je dois maintenant te demander de te rendre là-bas. Si tu ne traverses pas ce territoire afin de libérer la prisonnière des dunes, Merab finira par t'éliminer. L'Empire sera fichu de toute manière. Puisque Seth a accepté le duel qui l'opposera à Horus, il est possible que tu réussisses. Il s'agit de notre seule chance, Leonis. Autrement, jamais l'offrande suprême ne pourra être livrée.

— Et si jamais je parviens à atteindre l'oasis, que me faudra-t-il faire pour libérer la prisonnière des dunes? Où est-elle enfermée?

— La sorcière d'Horus est libre de parcourir l'oasis. Elle ne peut simplement pas la quitter. Si elle le faisait, elle mourrait. Il te faudra avant tout la trouver et la libérer du sort que lui a autrefois jeté Merab. Ensuite, elle pourra laisser les Dunes sanglantes derrière elle.

Leonis pouffa de rire. Il se mit debout et se gratta la tête avec embarras. D'une voix peu assurée, il observa :

— Je ne suis pas un sorcier, Bastet. Comment pourrais-je conjurer le sort d'un habile envoûteur comme Merab ?

— Je ne peux rien te dire à ce sujet, Leonis. Le mortel qui libérera la sorcière d'Horus devra trouver la clé qui brisera le charme la retenant captive.

— Quand dois-je partir, déesse-chat ?

— Le plus rapidement possible, enfant-lion. Tes amis pourront t'accompagner. Seulement, je te conseille d'éviter d'en parler à qui que ce soit d'autre. Ankhhaef est un homme bon, mais il s'opposera peut-être à ton départ. Tu es le sauveur de l'Empire et il est chargé de veiller à ce que tu accomplisses la quête des douze joyaux. Tu ne pourras quand même pas lui parler de ta discussion avec la déesse-chat. Il y a des limites à ce que les hommes peuvent concevoir. Tu devras faire en sorte de lui fausser compagnie. Je dois maintenant partir, Leonis. Pour gagner le territoire de Seth, tu devras prendre la direction de l'ouest. Rappelle-toi qu'il te faudra suivre le faucon. Bonne chance, brave

Leonis. Puisses-tu revenir triomphant des épreuves qui t'attendent.

Le chat noir s'éloigna de l'adolescent. D'un pas gracieux, il se dirigea vers une modeste chapelle funéraire. Leonis le suivit des yeux. La bête fit soudainement volte-face pour lui adresser ces ultimes paroles :

— Une dernière chose, enfant-lion. Pour libérer la prisonnière des dunes, tu devras boire de bon cœur l'eau de la source empoisonnée.

Sur ces mots énigmatiques, Bastet disparut derrière la chapelle. Le sauveur de l'Empire resta un long moment immobile. Un nœud lui enserrait le cœur. Cette fois, il ne pouvait guère en douter, il serait confronté à des forces allant au-delà de toute conception humaine. Il n'avait pas la moindre envie de traverser le territoire de Seth. Malgré tout, il savait qu'il verrait les Dunes sanglantes. Il ne pouvait se défiler. Leonis jeta un coup d'œil à la sépulture de ses parents. Était-ce la dernière fois qu'il visitait le tombeau de Khay et de Henet ? Il en avait l'impression. Irait-il bientôt les retrouver dans le royaume des Morts ? L'angoisse qui marquait la figure de l'enfant-lion exprimait les pires certitudes.

3

SINISTRE VISITEUSE

Hay glissa l'encoche de sa flèche sur la corde de son arc. Sa cible était le tronc large d'un vieux sycomore qui se dressait à dix longueurs d'homme de l'endroit où il se tenait. L'archer gonfla ses poumons. Il serra les doigts sur le bois poli de l'arme. Lorsque sa main droite tendit la corde, l'effort décomposa ses traits. Le gaillard garda la pose un court moment. L'arc se mit à trembler dans sa paume humide. Malgré lui, Hay laissa échapper un gémissement. Les muscles de son bras gauche étaient toujours aussi faibles. Il s'efforça néanmoins de viser l'arbre. La flèche fut libérée. Elle manqua le sycomore d'une bonne coudée pour aller percuter le mur d'enceinte. L'adorateur d'Apophis laissa tomber son arc. Avec rage, il s'assit dans l'herbe et enfouit son visage dans ses mains.

Six semaines auparavant, l'épaule gauche du combattant avait été transpercée par une flèche. Il ne ressentait presque plus de douleur, la plaie ne s'était pas infectée, mais son bras avait perdu beaucoup de sa vigueur. Au fond de lui, Hay savait qu'il ne pourrait jamais plus se servir efficacement d'un arc. Le temps n'arrangerait rien. Son bras resterait faible. Pour un membre des troupes d'élite des ennemis de la lumière, semblable condition signifiait la mort. Avant sa blessure, Hay ne craignait pas de mourir. Si la mort lui avait fait peur, il ne serait pas devenu une Hyène. Il n'y avait pas de guerriers plus courageux que les Hyènes du maître Baka. Ces hommes méprisaient la vie et portaient fièrement la marque au fer rouge des adorateurs du grand serpent. Pour eux, le trépas, même le plus abominable des trépas, valait mieux que la plus infime des défaites.

Hay pleurait en silence. Il réalisait avec horreur qu'il ne voulait pas mourir. Quelque chose avait changé en lui. Il ne parvenait pas à définir ce nouveau sentiment qui l'habitait. Il trouvait maintenant la vie belle. Pour un condamné à mort, il s'agissait sans doute de la pire des choses. Il songeait que les semaines de convalescence qu'il avait passées dans ce magnifique domaine appartenant au maître

Baka l'avaient transformé en lâche. Le valeureux guerrier qu'il avait été n'était plus qu'un pleurnichard. Si, au moins, il eût possédé juste assez de cran pour mettre un terme à sa vie. Mais Hay n'arrivait pas à trouver ce courage. Assis dans l'herbe haute, il pleurait comme un bambin.

Dissimulée derrière un bosquet, la belle Khnoumit observait l'homme avec émotion. Sans le vouloir, elle avait assisté à toute la scène. Elle avait vu Hay manipuler maladroitement son arc et elle pouvait aisément comprendre ce que ressentait le malheureux combattant. Puisqu'elle était la sœur du maître des adorateurs d'Apophis, Khnoumit savait que la mort attendait une Hyène qui ne pouvait plus se battre. Les lèvres de la dame esquissèrent un triste sourire. Lorsque Baka lui avait demandé de soigner Hay, Khnoumit avait protesté. La belle dame n'avait jamais approuvé les agissements de son frère et elle détestait les hordes de fanatiques que ce fou avait réunies. Elle avait malgré tout acquiescé à la demande de Baka. Au fil des semaines, son aversion pour le combattant blessé s'était dissipée. Hay avait été aimable avec elle. La petite Tati l'adorait. Bien entendu, cet homme était un assassin. Il tenait souvent de ridicules discours à propos de sa fierté d'être une Hyène. Cependant, de temps à autre, Hay parlait avec son cœur. Dans ces moments-là, il discutait avec une intelligence qui étonnait la belle Khnoumit. Le gaillard était peut-être convaincu qu'il était un ennemi de la lumière, mais quelque chose en lui ne l'était pas. En le voyant pleurer ainsi, la dame eut envie de le rejoindre. Elle n'en fit rien, pourtant. Hay était orgueilleux. Elle ne tenait pas à l'indisposer davantage en lui montrant qu'elle avait été témoin de cet instant de faiblesse. Khnoumit s'éloigna donc silencieusement. Elle longea une haie et s'engagea dans l'allée étroite qui menait à sa demeure. Elle aperçut Tati qui s'amusait à côté de la piscine. La petite sœur du sauveur de l'Empire n'était pas seule. Un frisson d'horreur parcourut le dos de Khnoumit lorsqu'elle vit la jeune femme qui se tenait près d'elle. Il s'agissait de Touia, la cruelle épouse du maître des adorateurs d'Apophis.

Touia était la favorite de Baka. Elle était encore plus ignoble que lui. Elle visitait rarement le domaine que gouvernait Khnoumit. D'ailleurs, ce n'était assurément pas pour saluer la maîtresse des lieux que cette vipère était venue. Sa présence aux côtés de Tati le prouvait. Touia avait quitté le Temple des Ténèbres pour venir rencontrer la sœur du sauveur de l'Empire. Cela ne faisait aucun doute. En dépit de la peur qui l'étreignait,

Khnoumit s'efforça de conserver son sang-froid. En s'approchant, elle espérait de tout son cœur que cette malveillante créature n'était pas là dans le but d'emmener la fillette. Tati souriait timidement à la visiteuse. La cruelle jeune femme lui parlait en tentant d'afficher une expression affable sur sa belle figure froide comme la pierre. C'était peine perdue. Touia faisait songer à un serpent sur le point de se repaître d'un oisillon. En percevant le bruissement des pas de Khnoumit sur les dalles de l'allée, l'épouse de Baka tourna la tête. Ses lèvres dessinèrent un sourire qui ne parvint guère à illuminer ses traits. D'une voix sinistre, elle dit :

— Bonjour, Khnoumit. Magnifique journée, n'est-ce pas ?

— Il y a longtemps que tu n'es pas venue, Touia… Mes domestiques ont manqué à leur devoir. Il fait si chaud dans les jardins… Ils auraient dû te conduire dans la demeure. Je vais…

— Ne t'inquiète pas, Khnoumit, coupa la jeune femme. J'ai dit aux serviteurs de ne pas m'importuner. J'avais envie de rencontrer la petite Tati. Ton frère m'a tant parlé d'elle…

Tati était visiblement anxieuse. Cette étrangère l'inquiétait. Chiffonnant entre ses doigts nerveux un pli de sa robe blanche, la fillette observait la belle Khnoumit qui ne pouvait masquer tout à fait sa colère. Khnoumit tendit la main pour caresser les cheveux courts de sa protégée. Les gestes de la dame étaient un peu moins affectueux que d'habitude. Tati devina que quelque chose n'allait pas. L'hôtesse proposa à la visiteuse :

— Maintenant que vous avez fait sa connaissance, si nous allions marcher, Touia ? Tati doit rentrer. Elle doit aider ma fidèle servante Ahouri à préparer le repas.

Tati savait que Khnoumit mentait. Elle n'éprouvait toutefois aucun désir de protester. La petite se leva, salua maladroitement l'étrangère et retira ses sandales pour courir vers la demeure. Dès qu'elle se fut suffisamment éloignée des femmes pour ne plus entendre leurs propos, Khnoumit lança avec hostilité :

— Que viens-tu faire chez moi, Touia ? Qu'as-tu dit à Tati ?

Touia éclata d'un rire sonore. Elle ajusta la magnifique perruque tressée qui la coiffait avant de rétorquer :

— Je suis aussi chez moi, ici, Khnoumit. Ton frère est trop gentil de te permettre d'habiter dans l'un de ses domaines. Nous savons tous que tu méprises notre cause. Si j'étais toi, je commencerais à m'inquiéter.

Baka a beaucoup d'affection pour toi, mais il n'est pas stupide. Il finira bien par comprendre que tu es dangereuse pour nous. Il m'a dit que tu t'étais attachée à la sœur du sauveur de l'Empire. Comme c'est mignon!... La vieille Khnoumit qui n'a pas eu d'enfant joue maintenant les mères avec une petite pouilleuse.

— Je... je t'interdis de dire des choses aussi... horribles, Touia. Mon frère a toujours refusé ma main à ceux qui l'ont demandée. Si je n'ai pas eu d'enfant, c'est la faute de Baka. Je lui ai promis que je mourrais s'il arrivait quelque chose à Tati. J'espère que tu n'as rien dit à la petite à propos de son frère...

Touia s'approcha du rebord de la piscine et trempa son pied menu dans l'eau claire. Elle laissa planer un silence insupportable avant de répondre:

— Je n'ai rien dit à cette vermine, Khnoumit. Pour l'instant, Baka tient à ce qu'elle demeure avec toi. Le maître ne veut pas qu'on prononce le nom de Leonis devant elle. Il estime que cela pourrait la perturber. Il ne tient surtout pas à ce qu'elle s'évade dans l'espoir de retrouver son frère. À mon avis, il prend un grand risque en te permettant de la garder ici. Les cachots du Temple des Ténèbres seraient plus sûrs... Enfin... puisque tu as l'intention de mourir pour l'amour d'une petite esclave, il faudrait que tu te prépares à rejoindre bientôt le royaume des Morts. Je serai heureuse de te voir disparaître, Khnoumit. Tu es la seule faiblesse de notre vénéré maître. Il te voue une grande admiration, mais il comprendra d'ici peu que tu es comme une pierre tranchante dans le sabot d'un bœuf. Tu es nuisible, Khnoumit. Crois-tu vraiment que cette situation va durer longtemps? Les adorateurs d'Apophis finiront par réclamer la tête de Tati. Elle est la sœur de notre ennemi, pauvre folle. Elle représente un appât trop important pour que nous refusions éternellement d'en faire usage. Les ennemis de la lumière commencent déjà à murmurer. S'il veut préserver l'ordre dans ses rangs, Baka n'aura guère d'autre choix que d'agir. Je suis venue pour te convaincre de renoncer à cette fillette, Khnoumit. Le bon sens parle par ma bouche.

Khnoumit avait baissé les yeux. Ses joues étaient brillantes de larmes. D'une voix brisée, elle riposta :

— Jamais je ne renoncerai à Tati, Touia. Si quelque chose parle par ta bouche, ce n'est que le mal. Jamais je n'ai vu une créature plus ignoble que toi. Si un cobra te mordait, c'est sans doute lui qui s'empoisonnerait. Tu as du venin dans les veines.

— On m'a rarement fait d'aussi justes compliments, répliqua la jeune femme en riant. Je dois maintenant retourner au Temple des Ténèbres. Tu ne devrais pas pleurer ainsi. Les larmes corrompent ce qui te reste de beauté. Tes traits se creusent et on devine presque tes quarante-sept ans. Tu pourrais être ma mère, Khnoumit. Baka n'est pas aveugle. Le charme que tu exerces sur lui finira bien par se rompre. Vient un jour où les poudres d'albâtre ne suffisent plus à masquer les méfaits du temps.

De manière à exhiber toutes les grâces de sa jeunesse, Touia exécuta une série de mouvements amples et félins. Ensuite, en chantonnant, elle tourna le dos à la dame pour marcher vers le porche extérieur des jardins. Khnoumit, les bras ballants, se dirigea vers un massif de jasmins. Une fois soustraite aux éventuels regards, elle se laissa choir dans l'herbe pour s'abandonner aux violents sanglots qu'elle avait retenus devant Touia. Elle pleura durant un long moment. L'air lui manquait. Elle frappait le sol de ses poings. Sa détresse était immense. Lorsque Hay s'approcha d'elle, elle ne leva pas la tête. Le gaillard s'accroupit, ouvrit les bras et Khnoumit plaqua son visage contre le tissu rêche de sa tunique. L'homme la berça sans dire un seul mot. Les sanglots de la femme se calmèrent et elle parvint à soupirer:

— Ils veulent faire du mal à Tati, Hay… Je ne les laisserai pas faire… J'ignore ce que je ferai, mais je ne les laisserai pas faire…

— Les adorateurs d'Apophis sont puissants, belle Khnoumit. Vous ne pouvez vous mesurer au maître Baka. Vous seriez comme une brindille dans un vent de tempête. Personne ne peut échapper aux assassins de votre frère.

— Si, Hay, il existe un être que les ennemis de la lumière ne semblent pas pouvoir arrêter.

— Vous voulez parler de l'enfant-lion, Khnoumit?

— Oui, Hay. Ma vie n'a plus d'importance. Je dois conduire Tati au palais royal de Memphis. Qu'importe ce qui m'arrivera ensuite. Je suis prête à mourir pour le bonheur de cette petite.

— Pour… pourquoi me dites-vous cela, Khnoumit? Je suis une Hyène. Je pourrais vous dénoncer.

La belle dame leva la tête et plongea son regard dans celui du gaillard. Sur un ton rempli d'assurance, elle demanda:

— Me dénoncerez-vous, Hay? En seriez-vous capable?

L'adorateur d'Apophis hésita. Quelques semaines auparavant, la réponse à cette question eût été évidente et spontanée. Les Hyènes étaient capables de tout. Mais, maintenant, la seule idée de causer du tort à Khnoumit s'avérait inconcevable. Que se passait-il donc? Soudainement, il comprit. Il comprit que Khnoumit avait éveillé quelque chose d'étrange en lui. Lui qui vénérait le mal parce qu'il n'avait jamais vécu le bien. Lui qui, faute de chaleur et de tendresse, avait été contraint à se complaire dans le froid et l'hostilité. Cette femme qui révérait la vie lui avait montré que le monde était beau. Avec ses mots, ses parfums, ses sourires, elle avait réduit à néant les croyances de Hay. Il n'avait plus envie d'être une Hyène. Il ne désirait plus monter dans la barque du dieu Seth lorsque viendrait la fin des fins. Il ne ressentait plus le besoin de prouver sa force devant ces assassins qui avaient été ses compagnons. La seule et unique chose que Hay désirait était blottie dans ses bras à cet instant précis. Khnoumit avait dix ans de plus que lui. Néanmoins, il trouvait sa beauté incomparable. Il l'aimait. Hay ne put répondre aux questions de la dame. L'émotion lui broyait la poitrine. En tremblant, il baissa la tête et ferma les yeux pour poser ses lèvres sur celles de Khnoumit.

4
CONCILIABULE

Cet après-midi-là, après avoir procédé à un bref examen des registres de la nécropole, le grand prêtre Ankhhaef avait appris à Leonis que la sépulture de ses parents n'avait pas été profanée. Le fonctionnaire avait vu juste en émettant l'hypothèse d'un effondrement. La fausse porte de calcaire avait été détruite et des ouvriers avaient simplement refermé l'entrée du tombeau avec de modestes briques de limon. Puisque ce coin du cimetière appartenait à la famille du défunt Neferabou, son fils Pendoua eût été censé remettre le tombeau en état. Toutefois, moins d'un an après la vente des enfants du scribe à des marchands d'esclaves, Pendoua était mort à son tour. Son hypogée côtoyait celui de son père dans la nécropole que l'enfant-lion avait visitée ce jour-là. Les sépultures de Neferabou et de Pendoua étaient luxueuses. Cependant, à l'instar de celle de

Khay et de Henet, elles souffraient d'un flagrant manque d'entretien. À sa mort, Neferabou était veuf depuis longtemps et Pendoua avait été son unique enfant. Après le décès de ce seul héritier, les terres et les possessions de la famille avaient sans doute été dispersées au profit de quelques lointains cousins. De toute évidence, ces gens n'avaient pas jugé nécessaire de perpétuer les rituels funéraires. Neferabou avait pourtant été un homme bon. Leonis avait été attristé d'apprendre que plus personne ne se souciait de sa sépulture. La nouvelle de la mort de Pendoua l'avait grandement surpris. Depuis le jour où cet homme sans cœur l'avait séparé de sa petite sœur, il avait souvent ressenti l'envie de se venger de lui. Le sauveur de l'Empire avait éprouvé un étrange sentiment de vide en constatant que, pendant des années, il en avait voulu à un mort.

Le grand prêtre Ankhhaef avait ensuite annoncé à Leonis qu'il avait l'intention de faire construire une belle chapelle devant l'entrée de l'hypogée de Khay et de Henet. Dans quelques mois, une grande cérémonie aurait lieu en leur mémoire. Auparavant, il fallait retourner à Memphis pour procéder à l'ouverture du deuxième coffre contenant trois des joyaux destinés à la table solaire. Leonis avait remercié le grand prêtre avec un enthousiasme feint. Il savait déjà qu'il ne rentrerait pas au palais royal de Memphis. Puisque le départ vers la capitale était prévu pour le lendemain, il lui faudrait profiter de la nuit pour s'enfuir.

Durant leur bref séjour à Thèbes, l'enfant-lion et ses amis habitaient dans une belle demeure réservée aux dignitaires de l'Empire. Les jardins qui l'entouraient étaient vastes et fleuris. Un lac déployait une toile stagnante et argentée dans laquelle se reflétaient les troncs longilignes de quelques majestueux doums. Le soleil était encore haut dans le ciel. Leonis, Montu et Menna étaient assis sur l'herbe à proximité de la petite étendue d'eau. Profitant du fait qu'ils étaient seuls, Leonis annonça :

— Je dois partir, mes amis. Je dois fausser compagnie au grand prêtre Ankhhaef. Je ne peux pas rentrer à Memphis avec vous. Le salut de l'Empire en dépend.

— Que se passe-t-il, Leonis ? interrogea Menna en fronçant les sourcils.

— Il faut me faire confiance, Menna. Je n'ai pas d'autre choix que de m'enfuir. J'ai une importante mission à accomplir. Tout… tout cela est tellement fou ! Si j'en parlais à Ankhhaef, ce brave homme croirait que j'ai perdu la raison. Le grand prêtre m'empêcherait de partir. Puisque je suis l'élu qui doit préserver l'Égypte du grand cataclysme, il ne voudrait pas que je risque ma vie pour autre chose que les joyaux. Il n'accepterait pas de me voir abandonner la quête. Mais je peux vous assurer que cette quête ne sera jamais achevée si je refusais de mener à terme cette nouvelle mission qu'on m'a confiée.

— À mon avis, la réaction d'Ankhhaef serait logique, observa Montu. Pour le moment, rien n'est plus important que la quête. Mais, puisque tu nous affirmes que le salut de l'Empire dépendra aussi de cette mystérieuse et soudaine tâche que tu t'apprêtes à exécuter, nous n'avons aucune raison de douter de toi, mon ami. Si tu nous expliquais ce qui se passe. Nous avons été avec toi toute la journée. Qui a bien pu te parler de cette importante mission ?

— C'est la déesse Bastet, leur divulgua l'enfant-lion. Elle m'est apparue pendant que je me recueillais sur le tombeau de mes parents.

Menna et Montu échangèrent un regard inquiet. Ils savaient que le sauveur de l'Empire possédait la faculté de se transformer en lion. Ils étaient également au courant que ce pouvoir lui avait été accordé par la déesse-chat. Les jeunes gens ne doutaient donc pas des paroles de leur ami. Toutefois, en apprenant que Bastet s'était révélée à lui, ils devinaient que la prochaine tâche de Leonis serait des plus périlleuses. Sur un ton empreint d'appréhension, Menna demanda:

— Que dois-tu faire, Leonis? Dois-tu agir seul? Pouvons-nous t'accompagner?

— Bastet m'a dit que vous pouviez m'accompagner, Menna. Seulement, cette aventure sera probablement plus difficile que toutes celles que nous avons vécues jusqu'à ce jour... Je crois qu'il serait préférable que vous retourniez à Memphis avec Ankhhaef et les soldats de la garde royale. Il y a de fortes chances que je ne revienne pas de cette expédition. J'ai la nette impression que la partie est perdue d'avance. Si vous veniez avec moi, nous serions trois à mourir.

— De toute manière, nous n'échapperons pas à la mort, fit remarquer Montu. Nous ne survivrons pas au grand cataclysme. La fin est prévue dans moins de trois années. Je n'ai pas l'intention de me cacher, Leonis. Ça ne servirait à rien. Je t'accompagnerai.

— Nous serons donc tous les trois, ajouta Menna. Toute discussion sera inutile, Leonis. Tu as affronté seul l'ultime jeu de ce fou de Dedephor[2]. Pendant que tu te donnais du mal pour rapporter le second coffre, Montu et moi avons attendu à la surface. Cette fois, nous

_____

2. Voir LEONIS, LE TOMBEAU DE DEDEPHOR.

participerons à l'aventure. Nous avons le droit de nous amuser un peu, nous aussi.

L'enfant-lion était songeur. Ses doigts fébriles trituraient le talisman des pharaons qui ornait son cou. Il avait obtenu ce pendentif après de difficiles épreuves imaginées par les divinités. Ces épreuves avaient toutefois été justes. Elles avaient été conçues à la mesure du sauveur de l'Empire. Selon ce que lui avait dit Bastet à cette époque, Leonis n'aurait pu échouer durant la quête du talisman. L'enfant-lion avait donc déjà été confronté à des forces divines. Cette fois, cependant, lui et ses compagnons seraient livrés à la puissance destructrice du dieu Seth. Le seul but du tueur de la lumière serait de les anéantir. Bien entendu, Horus participerait au jeu, mais il faudrait que ce dernier gagnât pour que subsistât la moindre chance de survie. Leonis savait qu'il n'arriverait pas à dissuader Menna et Montu de l'accompagner. Néanmoins, il jugea bon de leur présenter un portrait clair de la situation:

— Je peux t'assurer que notre prochaine aventure n'aura rien d'amusant, Menna. Si je dois interrompre la quête des douze joyaux, c'est parce qu'un sorcier s'apprête à rejoindre les adorateurs d'Apophis. Ce sorcier se nomme Merab. Il s'agit d'un puissant envoûteur qui est sous le parrainage de Seth. Pour l'instant, Merab n'a pas l'intention de me causer du tort. Cependant, la déesse-chat m'a assuré que, tôt où tard, il le ferait. Pour empêcher cet homme d'agir contre moi, je dois retrouver une sorcière qui vit dans une oasis. Cette femme ne peut quitter cet endroit. Seul un mortel pourra la libérer du sort que Merab lui a jeté autrefois. Bastet appelle cette sorcière « la prisonnière des dunes ». Elle est le seul être qui puisse opposer ses pouvoirs à ceux de Merab. Mais, auparavant, je devrai faire en sorte de la libérer. Sans son aide, le malfaisant sorcier de Seth se mettra en travers de notre chemin.

— C'est tout ? s'étonna Montu. Nous devons simplement partir à la recherche d'une sorcière ! Où se trouve le danger dans une semblable aventure ? À moins que cette femme n'ait l'habitude de transformer en grenouilles ceux qui pénètrent dans son oasis…

Ces mots firent sourire l'enfant-lion. Sur le même ton amusé que son ami, il répliqua :

— Si cela arrivait, je deviendrais alors l'enfant-grenouille, mon vieux. Je serais beaucoup moins majestueux… En fait, je crois que nous n'aurons rien à craindre de la prisonnière des dunes. Lorsque nous atteindrons son oasis, nous serons sauvés.

Le visage de Leonis redevint grave. Il laissa planer un lourd silence avant de poursuivre:

— En quittant Thèbes, nous devrons traverser les montagnes et progresser ensuite vers l'ouest. Nous verrons un faucon dans le ciel. Il faudra le suivre. Cet oiseau nous mènera à une porte. En la franchissant, nous pénétrerons sur le territoire du dieu Seth. C'est à ce moment que le véritable danger se manifestera. Nous serons alors à la merci de Seth. Le tueur d'Osiris tentera de nous éliminer.

— S... Se... Seth, bredouilla Montu en secouant ses cheveux aux reflets roux. Tu te moques de nous, Leonis. Seth est beaucoup trop puissant! Il nous écrasera comme des moustiques!

— C'est impossible, assura Menna. Nous ne pouvons affronter Seth. Cette expédition ne sera pas seulement dangereuse, Leonis; elle nous conduira directement au tombeau. Tu ne dois pas te rendre là-bas. Puisque tu n'as aucune chance de revenir, cela serait inconscient et inutile. S'il le faut, je t'empêcherai de partir.

— J'ai une chance de revenir, Menna. Dans le cas contraire, Bastet ne m'aurait jamais confié la tâche de libérer la prisonnière des dunes. La déesse-chat a fait une proposition à Seth. Lorsque je me retrouverai sur son territoire, il ne sera pas libre de me tuer. Il devra jouer ma vie en affrontant le dieu Horus. Bastet ignore comment se déroulera ce duel. Elle m'a néanmoins assuré qu'un triomphe du dieu-faucon me permettrait d'atteindre l'oasis. Bien entendu, une victoire de Seth signifierait ma mort... Maintenant, mes amis, vous comprenez pourquoi je n'avais pas envie de vous entraîner avec moi dans cette aventure. Je suis presque sûr de mourir durant cette expédition. Mais il me reste une mince possibilité de sauver l'Empire et je n'ai pas le droit de la négliger.

— Tu as raison, Leonis, dit le soldat en hochant lentement la tête. Pardonne-moi d'avoir ainsi douté de ton bon sens. J'irai avec toi. Seulement, une telle expédition nécessitera certains préparatifs. Nous aurons besoin d'au moins deux ânes, d'équipement, de nourriture et d'eau. Comment allons-nous pouvoir nous procurer ces choses? Nous ne possédons pas un seul deben[3] et, puisque nous avons l'intention de fuir comme des voleurs, il est hors de question de demander au grand prêtre Ankhhaef de nous accommoder...

Les trois amis sursautèrent lorsque la voix d'Ankhhaef se fit entendre:

---

3. DEBEN: MESURE DE POIDS (OR, ARGENT OU CUIVRE) ÉQUIVALANT À 90 GRAMMES. LES ÉGYPTIENS UTILISAIENT LE DEBEN DANS LEURS TRANSACTIONS COMMERCIALES.

— Pour quelle raison ne pourrais-je pas vous accommoder, mes braves?

Le grand prêtre se faufila entre les arbustes denses qui l'avaient soustrait aux regards. En voyant le bouleversement qui marquait sa figure, Leonis, Montu et Menna eurent la certitude que l'homme de culte n'avait pas manqué un seul mot de leur conversation. Ankhhaef s'approcha pour venir s'asseoir en face de l'enfant-lion. Il se caressa le crâne un court moment et déclara:

— Je suis à la fois apeuré et déçu, Leonis. J'ai tout entendu, mon garçon. Je suis effrayé par la tâche que Bastet t'a confiée. Et puis... je suis navré de constater que tu n'as toujours pas confiance en moi. Pourquoi n'es-tu pas venu me parler de ta rencontre avec la déesse-chat?

— Je ne voulais surtout pas que vous pensiez que j'étais devenu fou, grand prêtre Ankhhaef. Selon moi, vous ne pouviez croire à un tel prodige.

— J'ai cru en toi dès l'instant où l'oracle de Bouto nous a révélé ton existence, enfant-lion. Tu es toi-même un prodige. Je ne suis qu'un homme, mais ma foi dépasse celle du commun des mortels.

— Veuillez me pardonner, grand prêtre. La déesse Bastet m'a conseillé de ne rien vous dire.

— Je comprends, Leonis. Peu de gens croiraient au récit que tu viens de faire devant tes amis. Toutefois, en épiant leurs réactions, il m'était impossible de douter de la véracité de tes paroles. Montu et Menna ont ajouté foi à tout ce que tu leur as révélé. Tes braves compagnons ont visiblement assisté à des phénomènes défiant la raison. Je suis forcé de l'avouer : j'ignore ce qu'aurait été ma réponse si j'avais appris tout cela en d'autres circonstances. J'aurais possiblement fini par te croire, mais rien n'est certain. Après tout, il est probable que Bastet aura eu raison de te mettre en garde… Il vaut mieux s'abstenir d'en parler. Votre départ demeurera secret. Je dirai aux soldats que vous vous êtes enfuis. Je ferai comme si je n'avais rien entendu de votre petit conciliabule. Je laisserai une bourse à votre intention dans le pavillon qui se trouve de l'autre côté de ce lac. Vous disposerez d'assez d'or pour organiser votre expédition. J'ai peur, mes amis. Demain, vous ne serez pas à bord des barques lorsqu'elles quitteront les quais. Le vizir sera furieux contre moi. Pharaon aussi, sans doute… J'espère que vous reviendrez à Memphis… Pourvu que le désert ne devienne pas votre tombeau !

5
LE LONG VOYAGE
DE MERAB

Le sorcier Merab palpa le petit sac d'or
dissimulé sous sa tunique. Pour l'instant, il
s'agissait de la seule chose qui pouvait
l'apaiser un peu. La nuit était pourtant
magnifique. La lune n'exposait d'elle qu'un
mince croissant rougeâtre, comme si elle
avait voulu confier la tâche d'illuminer le ciel
aux opalescents essaims d'étoiles. Bien sûr,
l'air du désert était froid. Puisqu'il fallait
utiliser le bois avec modération, le faible feu
qui réchauffait à peine les vieux os du sorcier
s'éteindrait bientôt. Merab pressa sur son
corps maigre l'épaisse couverture qui l'enveloppait. Il y avait un peu plus d'une semaine
qu'il avait quitté sa tanière. Le repaire des
adorateurs d'Apophis était encore très loin.
La lenteur des ânes était exaspérante. À ce

rythme, le périple de l'envoûteur durerait au moins un mois.

Merab avait hâte d'atteindre le Temple des Ténèbres. La perspective de s'allier aux ennemis de la lumière ne l'enchantait guère. En dépit de ce fait, il rêvait de l'instant où ce désagréable voyage arriverait à son terme. Car, même si le dieu Seth avait autrefois permis au vieillard d'acquérir l'immortalité, ce dernier, comme n'importe quel être humain, pouvait éprouver chacun des tourments que générait ce long trajet dans le climat hostile du désert. Le sorcier eût grandement préféré rester chez lui. Toutefois, il ne pouvait reculer. Il lui fallait agir selon la volonté de Seth. Le tueur de la lumière lui avait ordonné d'aller rejoindre Baka et ses adeptes. Une fois là-bas, Merab devrait faire en sorte d'empêcher le sauveur de l'Empire d'achever sa quête. L'envoûteur était tenu d'éviter d'agir directement contre celui qu'on appelait «l'enfant-lion». Il ne devrait pas non plus supprimer ce garçon. Seth avait été clair à ce sujet. En outre, il fallait faire croire à Baka que Merab venait le rencontrer de son propre chef. Le sorcier avait déjà utilisé ses facultés pour aider les adorateurs d'Apophis à mettre la main sur la petite sœur de Leonis. Seth n'avait rien eu à voir dans cette brève alliance. Par conséquent, puisque ce premier rapport avait été déterminé par des mortels, il n'y aurait rien de surprenant à ce que Merab conjuguât de nouveau ses pouvoirs aux forces des ennemis de la lumière. Le sorcier devrait simplement guider Baka vers le sauveur de l'Empire. Il devrait le faire en répondant aux questions que lui poseraient les adorateurs du grand serpent. Seth avait affirmé que, s'il agissait de cette manière, les règles divines seraient discrètement contournées. Malgré les soupçons inévitables de quelques dieux, Seth ne pourrait être accusé de tricherie.

Lorsqu'il avait découvert la formule lui permettant de vivre éternellement, Merab avait déjà atteint l'âge vénérable de soixante-dix ans. Cette formule eût été inopérante si aucune divinité n'avait accepté de donner son accord au vieil homme. Seth avait été le seul dieu à répondre aux adjurations de l'envoûteur. Pour obtenir l'immortalité, Merab avait dû livrer son corps et son esprit au tueur de la lumière. Près de cinq siècles s'étaient écoulés depuis la naissance de Merab. C'est dans la peau d'un vieillard qu'il avait passé la grande majorité de ce temps. Cette condition ne l'avait cependant jamais gêné. Au fil de sa longue vie, sa puissance s'était considérablement accrue. Les multiples et redoutables pouvoirs qu'il avait développés étaient devenus infaillibles. Si un individu mal intentionné éprouvait le désir de nuire à quelqu'un, il lui suffisait de fournir à Merab une mèche de cheveux ou un objet appartenant à la personne visée. Le sorcier pouvait alors procéder à l'un des terribles envoûtements qu'il maîtrisait à la perfection. Parmi ses nombreuses facultés, l'envoûteur possédait aussi celle de faire voyager son esprit dans tous les coins de l'Empire. Pour y parvenir, il n'avait qu'à fermer les paupières. En se concentrant un peu, il atteignait sans mal l'endroit voulu. Grâce à cette forme immatérielle, il pouvait observer les gens sans être vu.

Ce jour-là, tandis qu'il franchissait à dos d'âne une nouvelle portion du désert, Merab avait eu la forte intuition qu'on parlait de lui. Comme chaque fois que cela se produisait, il avait fait voyager son esprit jusqu'au lieu où on avait prononcé son nom. L'âme de l'envoûteur s'était retrouvée à proximité de Leonis. Merab avait pu constater que l'enfant-lion le connaissait et qu'il était déjà au courant du fait qu'il s'apprêtait à gagner le Temple des Ténèbres. Le sorcier n'avait pu entendre les paroles échangées entre le sauveur de l'Empire et la déesse Bastet. Par contre, il avait assisté à la conversation que Leonis avait eue avec ses compagnons. Cela avait suffi à le bouleverser. Lorsque son esprit avait réintégré son corps,

Merab avait failli tomber de sa monture. Son étonnement était grand. Il ne savait que penser des événements qui se préparaient. Il ne pouvait surtout rien prévoir de leur dénouement. Cette situation l'inquiétait.

Merab leva la tête pour apercevoir le petit garçon qui venait de pénétrer dans la faible lueur du feu de camp. L'enfant ne devait pas avoir plus de cinq ans. Il portait une tunique sale et usée. Les boucles soyeuses de sa chevelure noire luisaient dans le chatoiement des flammes mourantes. Sur un ton anormalement mature pour son jeune âge, le petit annonça :

— J'ai donné de l'orge aux ânes et je les ai abreuvés, maître Merab.

— Pourquoi m'en parles-tu, moustique ? Puisque tu n'as pas d'autre choix que de t'occuper des bêtes, je n'ai pas besoin de savoir si tu l'as fait. Tu veux peut-être que je te remercie ?

— Non, maître, murmura l'enfant. Puis-je m'asseoir près du feu ? J'ai un peu froid…

— Dans ce cas, tu peux aller te blottir contre les ânes, moustique. J'imagine qu'ils pourront supporter ton odeur. Laisse-moi tranquille. Tu as interrompu ma méditation.

— Je suis désolé, maître Merab, répondit le bambin en baissant la tête.

Merab ne répondit rien. Il tenta de lire dans les pensées de son petit serviteur, mais il n'y parvint pas. L'enfant se nommait Chery. Il était l'un des rares individus à pouvoir empêcher le sorcier de franchir les barrières de son âme. Le garçon s'éloigna du feu. Que pouvait-il faire d'autre, d'ailleurs? S'il n'obéissait pas au vieillard, celui-ci n'aurait qu'à faire un geste pour le punir. Les châtiments de l'envoûteur étaient habituellement très douloureux. Il valait mieux s'en dispenser. Chery ne rejoignit toutefois pas les ânes. Il franchit une bonne distance dans le silence nocturne de la plaine désertique. Il s'assit sur un monticule de sable durci et observa longuement la voûte étoilée. Chery tombait de sommeil. Sa bouche s'ouvrit dans un bâillement silencieux. Il agrippa ses chevilles et plaqua ses genoux contre sa poitrine dans l'espoir de se réchauffer un peu. Ensuite, d'une voix faible, il émit cette courte interrogation:

— Qui suis-je?

Cette question, le petit se la posait depuis fort longtemps. Car, en dépit des apparences, Chery avait plus de deux cents ans. Il avait beau sonder les tréfonds de sa mémoire, il n'arrivait pas à se rappeler d'où il venait. Un jour, il avait ouvert les yeux dans le sombre repaire d'un vieil homme qu'il ne connaissait pas. Il s'agissait évidemment du sorcier Merab. Chery avait été très effrayé. Dès qu'il avait commencé à pleurer, Merab l'avait enfermé dans un coffre. Le petit avait vite compris que, s'il désirait quitter cette étroite prison, il devrait éviter de se plaindre. Les souvenirs de ses premières années avec le vilain envoûteur étaient confus. Chery se rappelait que le vieillard avait toujours été méchant avec lui. Jamais Merab n'avait répondu correctement à ses questions. Si le sorcier daignait répondre, c'était toujours dans le but de se moquer du malheureux bambin.

Un jour, lorsque Chery lui avait demandé d'où il venait, Merab lui avait annoncé qu'il était sa créature. Il avait affirmé qu'il avait modelé son corps dans de la bouse de vache et qu'il l'avait doté d'un esprit dérobé à une mouche. L'envoûteur prétendait qu'il avait ensuite craché sur l'ensemble pour lui donner la vie. La magie avait opéré. La bouse de vache s'était transformée en chair et la créature avait ouvert les yeux. Mais, au grand désespoir de Merab, sa chose avait aussitôt commencé à se lamenter comme un veau dans la gueule d'un guépard. Pendant des années, le petit garçon avait cru à l'histoire du puissant sorcier. Il ne pouvait contester les paroles de son maître. Chery avait vécu longtemps avec la certitude qu'il n'était rien de plus qu'un amas de bouse de vache métamorphosé en humain. Il ne grandissait pas et ses traits ne changeaient pas. Il était un objet, comme ces figurines que Merab utilisait pour jeter ses sorts. Puis, une nuit, alors qu'il avait déjà vécu vingt ans de cette vie de misère, un rêve troublant était venu semer un doute en lui.

Dans son songe, le garçon était assis sur les genoux d'une femme au visage agréable et souriant. Cette femme le berçait en lui caressant les cheveux. Sa voix aux douces intonations avait murmuré à quelques reprises : « Je t'aime, mon enfant. » Chery s'était réveillé en sursaut. Il n'avait pas réussi à se rendormir. À l'aurore, lorsque Merab lui avait ordonné de se lever, les images de ce tendre songe tournoyaient encore dans sa tête. À cette époque, le petit n'avait pas encore développé la capacité de se soustraire aux fouilles mentales de son maître. Ainsi, durant le jour succédant au rêve, tandis qu'à la demande de Merab il broyait des os de chauve-souris pour en faire de la poudre, Chery avait pensé qu'il était peut-être l'enfant de cette gentille femme qu'il avait vue dans son sommeil. La réaction du vieux sorcier avait été prompte. Il avait perdu son sang-froid et Chery en avait déduit que le songe recelait peut-être une part de vérité. Sur un ton chargé de colère, Merab avait clamé :

— Tu n'es l'enfant de personne, moustique ! Tu es ma créature et ne t'avise jamais d'en douter !

Le sorcier avait ensuite craché quelques mots incompréhensibles et Chery avait été foudroyé par une atroce douleur. Depuis, le petit garçon de deux cents ans n'avait plus jamais rêvé. Ses nuits se ressemblaient toutes. Rien ne venait les égayer. Il en allait de même pour chacun de ses jours. Néanmoins, le tendre rêve qu'il avait fait autrefois demeurait gravé dans sa mémoire.

Chery se leva. Finalement, il irait se blottir contre les ânes. Là-bas, le feu de camp n'était plus que braises. Le vieux devait dormir. Malgré l'obscurité, le garçon vit un serpent qui louvoyait sur le sol desséché du désert. Le reptile s'approchait des ânes. Les bêtes auraient peur en l'apercevant. Elles réveilleraient le sorcier et Chery ne voulait pas que son maître l'accusât d'avoir troublé son sommeil. Le petit serviteur fixa le serpent qui se trouvait à dix longueurs d'homme de lui. Il pointa le reptile du doigt et se concentra. L'animal fit un bond et commença à se contorsionner avec violence. Lorsque le garçon abaissa sa main, le serpent était mort. Chery soupira et se dirigea vers les ânes. Les bêtes ne bronchèrent pas lorsqu'il glissa son petit corps entre elles pour bénéficier de leur chaleur. Il ne savait pas d'où lui venaient les quelques pouvoirs magiques qu'il possédait. Ils s'étaient révélés à lui aussi soudainement que la précieuse barrière qui empêchait Merab de sonder ses pensées. Bien entendu, le vieil envoûteur n'en savait rien. En souriant, Chery songea qu'il se tirait plutôt bien d'affaire pour un vulgaire tas de bouse pourvu de l'esprit d'une mouche. Avant de s'endormir, il marmonna une dernière fois :

— Qui suis-je ?

6

UNE NUIT
SOUS LES ÉTOILES

Aux environs de Thèbes, la nuit était beaucoup plus agréable que dans le désert. Les champs qui entouraient la cité demeuraient imprégnés de la chaleur du jour. Une douce tiédeur régnait sur la vallée. Des effluves fruités s'insinuaient dans chaque maison pour envelopper le sommeil des habitants. Leonis, Montu et Menna avaient quitté la demeure sans être vus. Les quelques soldats qui assuraient la surveillance nocturne de l'enceinte étaient postés à des endroits précis. Puisque les trois aventuriers connaissaient ces positions, il avait été aisé pour eux de les contourner. Comme il l'avait promis, le grand prêtre Ankhhaef avait laissé une bourse à leur intention. Celle-ci contenait plus d'or qu'il ne leur en fallait pour organiser efficacement leur prochain périple.

L'enfant-lion et ses amis avaient laissé la ville derrière eux, mais ils ne s'en étaient guère éloignés. Sans faire de feu, ils avaient déployé leurs nattes dans l'herbe haute d'un pâturage. Ayant pris soin de se munir de couvertures, les jeunes gens se préparaient à dormir au grand air. Au lever du soleil, ils achèteraient tout ce dont ils auraient besoin et, sans attendre, ils entreprendraient leur expédition.

Leonis avait relevé sa couverture jusqu'au menton. Il contemplait le ciel en songeant avec émotion à Montu et à Menna. Une nouvelle fois, ses braves compagnons n'avaient pas hésité à le suivre. Demain, ils commenceraient un voyage qui, fort probablement, leur serait fatal. Depuis la conversation qu'ils avaient eue cet après-midi-là, ils n'avaient pas tenté de prévoir ce qui les attendait sur le territoire de Seth. De toute manière, cela n'eût servi à rien. Ils savaient que les épreuves qu'ils auraient à surmonter dépasseraient en horreur tout ce qu'un simple mortel pouvait imaginer. Le sauveur de l'Empire prêtait l'oreille aux bruits de la nuit lorsque Montu murmura:

— J'espère que Pharaon n'ira pas supposer que nous avons abandonné la quête.

— Je l'espère aussi, mon vieux, dit Leonis. Il songera peut-être que nous avons fui parce que nous avions peur d'achever notre mission.

— Je ne crois pas, rétorqua Menna. Ankhhaef rentrera à Memphis avec le second coffre. Cet objet est une autre preuve de ton courage, Leonis. À mon avis, Mykérinos devinera que nous avions de bonnes raisons de ne pas rentrer avec le grand prêtre.

— Pourvu que nous retournions un jour à Memphis! soupira l'enfant-lion.

— Nous y retournerons, assura le soldat. Nous devons croire en notre réussite. Jusqu'à présent, nous avons toujours surmonté les obstacles qui se dressaient sur notre route. Il serait stupide de prétendre que nous serons capables de vaincre le dieu Seth. Toutefois, le puissant Horus sera avec nous. Nous devons avoir confiance. La quête ne peut pas s'achever ainsi. Il ne nous reste que six joyaux à découvrir pour que l'offrande suprême soit livrée.

Leonis réfléchit avant de déclarer:

— Si notre expédition dure trop longtemps, Pharaon enverra sûrement quelqu'un à la recherche du troisième coffre. Celui que j'ai découvert dans le tombeau de Dedephor contient certainement un indice pouvant conduire aux prochains joyaux.

— C'est bien possible, dit Montu. Puisque le temps presse, Mykérinos n'attendra sans doute pas notre retour. Quand nous retrouverons ta maison, mon cher Leonis, elle sera peut-être habitée par un nouveau sauveur de l'Empire...

— Ce serait vraiment une catastrophe, répliqua l'enfant-lion. On nous jetterait hors de l'enceinte du palais et plus jamais tu ne pourrais te gaver des bonnes choses que cuisinent Raya et Mérit.

En affectant l'inquiétude, Montu plaida :

— Tu as déjà rapporté la moitié des joyaux. Je suppose que Pharaon te laissera au moins tes gentilles servantes... Au fait, je me demande si la prisonnière des dunes sait cuisiner...

— Il faut souhaiter que non, intervint Menna sur un ton railleur. Si elle cuisine trop bien, tu nous empêcheras de la délivrer et tu voudras demeurer dans l'oasis avec elle. Pour dire vrai, si cette femme est la prisonnière des dunes, toi, tu seras toujours le prisonnier de ton ventre, Montu.

Cette réplique les amusa. Malgré leurs préoccupations, ils souriaient dans les ténèbres. Ils restèrent muets un instant, savourant la quiétude de cette splendide nuit. Puis, avec sérieux, le sauveur de l'Empire reprit la parole :

— De toute manière, si nous ne libérons pas cette femme, personne ne pourra empêcher la fin des fins. Merab agit selon la volonté de Seth. Ce sorcier nuira à tous ceux qui tenteront de retrouver les six joyaux manquants. J'ignore à quoi ressemble la prisonnière des dunes, mes amis. D'après ce que m'en a dit la déesse-chat, il y a longtemps que Merab lui a jeté le sort qui la retient captive. Elle est sans doute seule dans cette oasis. Il se pourrait que la solitude l'ait rendue méfiante… Elle est peut-être même devenue folle.

— Que devrons-nous faire pour la libérer ? questionna Montu.

— Je n'en ai pas la moindre idée, mon vieux. Bastet n'était pas autorisée à m'en parler. Elle ne m'a donné qu'un maigre indice. Elle m'a dit que je devrai boire de bon cœur l'eau de la source empoisonnée.

— Nous possédons au moins une piste, souligna Montu. Mais cet indice n'a rien de rassurant. S'il faut que tu t'empoisonnes pour libérer cette femme, j'espère qu'elle pourra te guérir par la suite. Et puis, étant donné que Merab a déjà vaincu cette sorcière, il sera sans doute capable de la vaincre encore lorsqu'elle sera libre, non ?

— Pour le moment, nous n'avons aucun moyen de le savoir, répondit l'enfant-lion. Nous parlons de cette sorcière comme si nous l'avions déjà trouvée. Je vous rappelle qu'il faudra traverser les Dunes sanglantes avant de songer à la libérer.

— Les Dunes sanglantes? s'étonna Menna.

— C'est ainsi que se nomme le territoire de Seth, expliqua Leonis. Quand nous aurons franchi la porte conduisant à cette zone, le faucon sera encore là pour nous guider vers l'oasis de la prisonnière. Selon Bastet, le duel entre Seth et Horus débutera lorsque nous pénétrerons dans les Dunes sanglantes.

— À quoi peut bien ressembler un duel entre dieux? chuchota Montu, comme s'il se parlait à lui-même. Allons-nous voir Horus et Seth s'affronter devant nos yeux? Vont-ils se taper dessus et s'arracher les cheveux comme de vulgaires mortels?

— Je n'en sais rien, admit l'enfant-lion. La déesse-chat m'a dit que l'affrontement ressemblera à un jeu. Si Seth l'emporte sur Horus, le tueur de la lumière pourra nous éliminer. Mais, si jamais ils se battent devant nos yeux, j'imagine qu'il vaudra mieux ne pas rester là pour admirer le spectacle. Si nous voulons demeurer en vie, nous devrons atteindre l'oasis. Peut-être que, durant notre traversée des Dunes sanglantes, le rôle du dieu-faucon consistera simplement à retenir son adversaire…

— Qui sait? soupira Menna. Nous ne le saurons qu'au moment où nous nous engagerons sur ce territoire. Il faudrait dormir, maintenant. Profitons de cette belle nuit, mes amis. Notre sommeil sera beaucoup moins confortable dans le désert.

— En effet, approuva le sauveur de l'Empire. Il ne nous reste que quelques heures avant le lever du soleil… Merci d'être là, les gars. Vous êtes vraiment très courageux.

— Nous sommes au courant, Leonis, plaisanta Montu. Nous sommes aussi très beaux, très forts et très intelligents.

Il y eut des rires, mais personne n'ajouta rien. L'enfant-lion ferma les paupières, et le visage de la douce Esa s'imposa dans ses pensées. Avant de partir à la recherche du tombeau de Dedephor, Leonis avait partagé avec sa belle de très agréables moments. Il y avait un mois de cela. Esa devait l'attendre avec impatience. Elle pourrait s'imaginer une foule de choses en ne le voyant pas revenir au palais royal. Elle pourrait présumer que le sauveur de l'Empire avait baissé les bras et qu'il n'était, en vérité, qu'un misérable lâche. S'il mourait dans le désert, la princesse ne saurait jamais qu'il avait livré bataille jusqu'au bout de ses forces pour le salut de l'Empire. Durant un court moment, Leonis parvint à chasser ces horribles craintes de son esprit. Il songea que la fille de Mykérinos l'aimait et qu'elle serait assurément incapable de croire qu'il avait abandonné sa quête. En dépit de cette conviction, les appréhensions de l'adolescent revinrent rapidement le hanter. Dans combien de temps pourrait-il revoir Esa? Cette merveilleuse soirée passée en sa compagnie avait-elle été la dernière? Il y avait aussi Tati. Cette pauvre petite était prisonnière des adorateurs d'Apophis. Qu'adviendrait-il d'elle si son frère ne venait jamais la délivrer? Leonis se retourna sur sa natte. Il finit par s'endormir, mais, jusqu'à l'aube, un cortège de lugubres images défila dans ses songes.

7
DU SANG
DANS LE DELTA

D'un pas rapide, la princesse Esa traversa le colossal porche baigné d'ombre qui donnait sur les jardins. En émergeant sous le soleil, elle exhala un long soupir. Une insupportable agitation régnait au palais de Memphis. De dramatiques événements étaient survenus. Depuis une semaine, Pharaon ne quittait la salle du trône que pour manger et dormir. Le vizir Hemiounou et une dizaine de dignitaires logeaient dans la demeure royale. Quotidiennement, plusieurs chefs des armées de l'Empire se succédaient à la cour de Mykérinos. Les serviteurs étaient surchargés de labeur et on avait doublé la garde autour de l'enceinte. La situation était grave. Une profonde anxiété se lisait sur les traits du maître des Deux-Terres.

Pourtant, quelques jours plus tôt, un messager était venu annoncer d'excellentes nouvelles à Pharaon. En d'autres circonstances, une immense allégresse aurait sans nul doute rempli son cœur. L'émissaire d'Ankhhaef était venu du sud pour lui faire part du retour prochain du sauveur de l'Empire. Leonis et ceux qui l'accompagnaient rapporteraient trois nouveaux joyaux destinés à la table solaire. Encore une fois, l'enfant-lion avait accompli sa mission. Ce message avait évidemment ravi le père d'Esa. Toutefois, son enthousiasme avait été de courte durée. Trop de tourments accaparaient son esprit. Neuf jours auparavant, dans le delta du Nil, les adorateurs d'Apophis avaient répandu le sang d'une centaine de malheureux. Parmi ces gens, on avait dénombré des femmes et des enfants. C'était la première fois que les hommes de Baka osaient agir de la sorte. Certes, depuis que Mykérinos avait chassé leur maître du trône d'Égypte, les ennemis de la lumière s'étaient manifestés à maintes reprises. Seulement, leurs actions avaient surtout été commises dans le but de ralentir les projets du royaume. Ils perpétraient des actes de sabotage, pillaient des tombeaux et détournaient des barques de marchands. Ils avaient aussi assassiné de nombreux soldats et quelques hommes influents. Mais, jusqu'à présent, ils n'avaient jamais ouvertement semé la mort au sein du peuple. De toute évidence, les choses avaient changé. Les adorateurs du grand serpent s'en prenaient désormais à de pauvres innocents. Il fallait les arrêter. Il était du devoir de Pharaon de protéger ses sujets.

Esa emprunta une allée étroite et bordée d'arbrisseaux. Elle allait pieds nus sur les dalles de granit. L'étoffe légère de sa jolie robe voletait gracieusement dans la brise du matin. En songeant aux personnes que les infâmes troupes de Baka avaient assassinées, la princesse éprouvait une grande tristesse mêlée de dégoût. Selon elle, aucune raison ne pouvait justifier de tels actes. Puisqu'elle était la fille du souverain, elle avait depuis longtemps entendu parler des horreurs qu'engendrait la guerre. Elle savait que, jadis, l'Empire avait souvent combattu pour protéger son territoire contre de redoutables ennemis. On lui avait relaté des choses à faire frémir. Cependant, rien dans ces récits n'avait été plus troublant que ce qu'elle avait entendu au sujet de la dernière agression des adorateurs d'Apophis. Les hordes de Baka avaient usé d'une extrême violence pour tuer de malheureux individus qui n'avaient rien fait pour mériter un tel sort. Comment pouvait-on concevoir pareille injustice? Heureusement, l'annonce du retour de Leonis avait un peu apaisé le chagrin d'Esa. Cette nouvelle avait également chassé la profonde inquiétude qui la gagnait chaque fois que le sauveur de l'Empire entreprenait l'une de ses périlleuses missions. D'ordinaire, lorsqu'il revenait, l'angoisse de la princesse se muait en euphorie. Mais, ce matin-là, les événements effroyables qui s'étaient produits dans le delta du Nil alourdissaient son cœur. Elle avait hâte de se réfugier dans les bras de Leonis. Elle avait besoin de plonger son regard dans le sien. Elle voulait qu'il la rassurât en lui disant que tout irait bien, que le grand cataclysme serait évité et que le bien dissiperait le mal. Esa n'était pas naïve. Elle savait que Leonis n'était qu'un mortel. Elle savait qu'il ne pouvait connaître l'avenir et qu'il ne pourrait vaincre à lui seul les forces maléfiques de Baka. Néanmoins, elle désirait qu'il lui affirmât que l'amour triompherait. Les mots de celui qu'elle aimait la réconforteraient. Auprès de l'enfant-lion, elle se sentirait en sécurité.

Lorsque Esa aperçut Raya et Mérit qui se détendaient sur le bord du grand bassin, ses lèvres dessinèrent un sourire. Les servantes du sauveur de l'Empire discutaient à voix basse. Leurs jambes trempaient dans l'onde fraîche. Près des jumelles, un jeune chien au pelage fauve s'ébattait dans l'herbe haute. En voyant la princesse, l'animal se redressa et lâcha quelques aboiements aigus. Sa queue en trompette fouettait l'air avec frénésie. Les jeunes filles se retournèrent. Esa fit un signe bref pour les prier de demeurer assises. Elle les salua ensuite avec entrain :

— Je suis heureuse de vous trouver là, mes bonnes amies ! Habituellement, c'est le jour où vous devez vous rendre au marché, non ?

— Si, princesse Esa, répondit Raya. Seulement, puisque l'enfant-lion est absent, il serait inutile d'encombrer la réserve. Lorsque Leonis, Montu et Menna reviendront de leur long voyage, nous tenons à leur servir de la nourriture fraîche.

— Ils seront là dans quelques jours, dit Esa d'un air rêveur. Mais ils arriveront dans un bien triste moment. J'aurais aimé que leur retour soit souligné d'agréable façon. Malheureusement, les cruautés des adorateurs d'Apophis sont venues assombrir nos âmes.

Esa releva sa robe jusqu'aux genoux et s'assit entre les jumelles pour glisser ses pieds dans l'eau. Après un long soupir d'aise, elle ferma les paupières. Le jeune chien la fit sursauter légèrement lorsqu'il plaqua sa truffe humide sur son bras. Embarrassée, Mérit jeta :

— Du calme, Baï !

— Ce n'est rien, assura Esa en caressant la tête de l'animal. Tu sais bien que j'adore ce chien. À ce que je vois, il grossit un peu plus chaque jour.

— Oui, princesse, approuva Mérit. Lorsque je l'ai trouvé, Baï n'était qu'un chiot maigre et malade. En moins de deux mois, sa taille a doublé. À leur retour, les garçons ne le reconnaîtront plus.

— Vivement qu'ils reviennent, soupira Raya. La demeure est bien vide sans eux. De plus, en ce moment, nous n'avons presque rien à faire. La maison est propre et toutes nos tâches sont accomplies. Depuis une semaine, le palais est rempli de visiteurs. Tous les domestiques de l'enceinte sont affairés. Pendant ce temps, nous nous prélassons, Mérit et moi. Nous irions volontiers donner un coup de main aux autres, mais nous ne sommes pas autorisées à le faire.

Esa afficha un sourire discret pour déclarer :

— Vous êtes donc condamnées à vous reposer, mes amies. En ce qui me concerne, je ne dispose plus que de deux servantes. Ma mère m'a demandé d'en libérer quelques-unes. Les dignitaires sont venus à Memphis avec leurs épouses. Le quartier des femmes est bondé...

D'habitude, lorsqu'il y a autant d'invités au palais, l'atmosphère est à la fête. Mais, cette fois, personne n'ose sourire. La peur et la tristesse se lisent sur tous les visages.

— Les adorateurs d'Apophis ont commis des actes épouvantables, commenta Mérit. Pourquoi s'en sont-ils pris à ces pauvres gens?

— Nous l'ignorons encore, confia Esa. Nous savons seulement que les gens visés étaient des pêcheurs. Leurs familles n'ont pas été épargnées. Les combattants de Baka ont attaqué ce petit village durant la nuit. Après avoir tué tous les habitants, ils ont incendié les maisons et les bateaux. Ces scélérats ont aligné quelques cadavres au centre du village. Ils ont ensuite utilisé des poignards pour tracer leur affreux symbole dans la chair de leur dos…

Esa s'interrompit un moment. L'émotion lui enserrait la gorge. Elle inspira profondément avant de poursuive:

— Selon mon père, les adorateurs d'Apophis ont agi ainsi dans l'unique but de terrifier les hommes du Nil. En contrôlant le grand fleuve, Baka pourrait causer d'énormes torts à l'Empire. Les ennemis de la lumière ont sans doute tenté de convaincre les pêcheurs de joindre leurs rangs. À l'évidence, ces braves ont refusé… Depuis que ce drame est survenu, de nombreuses patrouilles sillonnent le Nil. Des troupes de soldats sont également postées à l'entrée du delta. Des pêcheurs sont régulièrement interrogés. Toutefois, si ces hommes sont au courant de quelque chose, ils s'entêtent à garder le silence. Pharaon est inquiet. Les hommes du Nil ne semblent pas lui faire confiance. En outre, cet événement n'est pas passé inaperçu. Les bouches murmurent aux oreilles. Chaque jour, la nouvelle se répand davantage. Le peuple finira par savoir que Baka est à l'origine de ce carnage. Lorsque mon père a chassé son cousin du trône d'Égypte, il avait le devoir de condamner ce fou à mort. Quand les sujets du royaume apprendront qu'il ne l'a pas fait, le règne de Mykérinos sera en péril. Dans quelque temps, je ne serai peut-être plus princesse, mes amies.

— Les choses s'arrangeront, affirma Raya. Pharaon est un homme juste. Les adorateurs d'Apophis ne sont pas si nombreux, après tout. Pour les éliminer, il suffirait de connaître l'emplacement de leur repaire. Deux de ces canailles sont emprisonnées dans les cachots du palais. Après les abominations commises par leurs semblables, il n'y aurait aucun mal à utiliser la force pour les faire parler.

— Je ne suis pas au courant du traitement qu'on inflige à ces prisonniers, Raya. Je n'en ai pas discuté avec mon père et, pour dire vrai, je n'ai pas trop envie de connaître le sort qu'on leur a réservé après leur capture. Je crois que je ferais d'affreux cauchemars si on me racontait ce genre de choses. J'ai cependant l'impression que ces gaillards ne doivent pas apprécier notre hospitalité. Jusqu'à présent, ils n'ont probablement donné aucun renseignement sur le repaire de Baka. Sinon je l'aurais su. Et puis, les soldats de Pharaon seraient déjà en route vers ce lieu.

Les jeunes filles observèrent un silence. Le pied droit de Mérit décrivit quelques cercles à la surface de l'eau. La servante secoua sa longue chevelure sombre. Elle repoussa d'un doigt une boucle qui était retombée sur son nez ; puis, un brin de tendresse dans la voix, elle souffla :

— Au moins l'arrivée des garçons mettra un peu de joie dans nos cœurs.

Raya rougit légèrement. Elle caressa les cheveux de sa jumelle et susurra sur un ton espiègle :

— Tu as surtout hâte de revoir Montu, n'est-ce pas, ma sœur ?

Le sang monta aux joues de Mérit. Elle se racla la gorge et releva les épaules pour riposter :

— Je ne suis pas amoureuse de Montu, Raya. C'est mon ami et rien de plus. Leonis et Menna sont aussi nos amis. L'affection qu'ils éprouvent pour nous est un grand privilège. Malgré cela, je n'oublie pas que notre rôle est de servir le sauveur de l'Empire. Nous avons l'obligation de servir aussi ceux qui habitent sa maison. Les garçons ne nous traitent jamais comme des servantes, mais, en vérité, c'est ce que nous sommes. L'enfant-lion et Montu ont déjà été des esclaves. Il y a peu de temps, Menna n'était encore qu'un gardien de portail. Aujourd'hui, en raison de leurs impressionnants gestes de bravoure, ils ont mérité de rejoindre les rangs des seigneurs. Je suis certainement la plus crédule de nous deux, Raya. Seulement, si j'étais vraiment amoureuse de Montu, je chasserais vite ce sentiment de mon cœur. Je le ferais comme on retire une épine de sa chair parce qu'il ne sert à rien de souffrir. Si j'aimais Montu, cela serait inutile et douloureux pour moi. Les petits chats ne marcheront jamais avec les lions. Pourquoi les seigneurs épouseraient-ils les servantes?

— Tu as tort, ma douce Mérit, opposa délicatement Esa. Comme tu l'as dit, l'enfant-lion n'était qu'un esclave. Pourtant, dans quelques années, il m'épousera. C'est mon désir le plus cher et rien ne pourra me faire changer d'avis. Si mon père lui refusait ma main, je m'enfuirais avec celui que j'aime. Il n'y a aucune barrière que l'amour ne peut franchir. Puisqu'un esclave a conquis le cœur d'une princesse, tu pourrais aisément gagner celui d'un seigneur.

— Vos paroles sont justes, princesse, intervint Raya, mais il faut comprendre les hésitations de ma sœur. Nous n'avons jamais envisagé de devenir des épouses. Mérit et moi avons fait le serment de servir l'enfant-lion jusqu'à sa mort et même au-delà. Nous étions destinées à n'appartenir qu'à lui. Nous avons attendu l'élu pendant trois ans et nous étions prêtes à nous tuer à la tâche pour plaire à celui qui viendrait. On nous a appris à combler les plus infimes exigences du plus capricieux des maîtres. Lorsque le sauveur de l'Empire est enfin venu occuper sa demeure, il ne voulait pas de servantes. Nous avons dû le convaincre que ce rôle avait beaucoup d'importance pour nous. Je sais maintenant que Leonis ne se considérera jamais comme un noble. Il en va de même pour ses compagnons. Montu fera toujours le drôle et sera toujours prêt à récurer le four en échange d'un bon repas. Menna est un brillant combattant. Toute sa vie, il préférera l'aventure aux joies du foyer. Pour ce qui est de Leonis, il s'acharne depuis des mois à tenter de maîtriser les hiéroglyphes. Pourtant, puisque les scribes sont là pour s'en occuper, les seigneurs n'ont habituellement pas besoin de savoir écrire. À mon avis, aucun de nos amis n'a l'intention d'être vu comme un homme important. En vous épousant, divine Esa, Leonis devra vivre une existence princière. J'ai la certitude que notre maître ne nous chassera jamais de sa demeure. Seulement, si nous exprimions le moindre désir de le quitter, il serait d'accord. Ma sœur et moi avions choisi avec bonheur cette vie de dévouement. Maintenant, d'autres possibilités s'offrent à nous. L'amour en fait partie. J'ai taquiné Mérit en lui parlant de Montu. Or, je savais qu'elle réagirait ainsi. Nous avions accepté de renoncer à l'amour. Nous hésiterons peut-être longtemps avant de laisser ce tendre sentiment inonder nos cœurs. Lorsque la terre d'une plante est trop sèche, il ne faut pas trop l'arroser. Ça risquerait de la noyer.

Esa suivait du regard le vol saccadé d'un papillon. D'une voix pleine d'émotion, elle répliqua:

— Je comprends, les filles. Moi-même, je suis déjà noyée. Je tremble chaque fois que Leonis part. Il me manque un peu plus chaque jour. Je pleure chaque soir en regardant la lune… Si seulement vous saviez à quel point c'est merveilleux!

Les trois jeunes filles éclatèrent de rire. Comme s'il eût voulu se mêler à cet élan de joie, Baï se mit à aboyer. Esa, Raya et Mérit se levèrent pour se diriger vers l'allée principale des jardins. Depuis près de deux siècles, les rois d'Égypte avaient contribué à accroître la splendeur de cet endroit. L'herbe y était grasse et d'un vert presque bleu. Parmi les grands sycomores, les saules et les palmiers, se trouvaient des arbres à encens qu'on avait rapportés du fécond et lointain pays de Pount[4]. Des massifs de jasmins, des acacias fleuris et des tapis de coquelicots venaient piqueter de couleurs vives ce tableau verdoyant. Ce lieu ravissait les yeux. Ses zones d'ombre et ses plans d'eau dispensaient une fraîcheur bénéfique durant les jours les plus torrides. Les nez s'y délectaient de mille parfums et les chants entremêlés d'une multitude d'oiseaux charmaient les oreilles. C'est dans cet espace magnifique que la princesse avait fait la rencontre de l'enfant-lion. La beauté des jardins n'avait rien eu à voir avec la magie qui avait accompagné ce mémorable instant sous la lune. Esa était convaincue que, cette nuit-là, son cœur s'était arrêté, le temps d'un souffle, pour accorder son rythme à celui de Leonis. Le sauveur de l'Empire reviendrait bientôt. Son sourire et sa chaleur anéantiraient alors toutes les laideurs du monde.

---

4. POUNT: DÈS L'ANCIEN EMPIRE, LES ÉGYPTIENS ENTRETENAIENT D'EXCELLENTES RELATIONS COMMERCIALES AVEC CE PAYS QUE CERTAINS EXPERTS SITUENT À L'EST DU SOUDAN.

8

L'ÂNESSE AMOUREUSE

Depuis une semaine, le sauveur de l'Empire et ses compagnons progressaient vers l'ouest. Ils avaient eu besoin de deux jours pour traverser les collines et les vallons stériles qui s'élevaient, non loin de Thèbes, au pied de la grande Cime de l'Occident. Le matin de leur départ, les jeunes gens n'avaient eu aucun mal à réunir l'équipement nécessaire au voyage. Puisqu'ils ne pouvaient prévoir la durée du périple, ils avaient pris soin d'emporter de l'eau et des vivres en abondance. Bien entendu, Leonis, Montu et Menna avaient veillé à ne pas surcharger leurs ânes. Les paniers que les bêtes transportaient contenaient surtout de la nourriture. Il y avait aussi quelques objets essentiels comme des lampes, des couvertures et des vêtements. Les outres constituaient toutefois la plus grande part du fardeau des bêtes. Jusqu'à présent, les voyageurs avaient rencontré quelques puits sur leur chemin. Donc, malgré la distance parcourue durant ces longues journées de marche, le poids des réserves d'eau avait très peu diminué. Les ânes ne montraient cependant aucun signe de fatigue.

Les aventuriers suivaient depuis cinq jours une vallée étroite dans laquelle se dressaient encore, de loin en loin, quelques touffes d'herbe rabougrie. Au sortir des montagnes, ils avaient aperçu des troupeaux d'antilopes et de bœufs sauvages. Durant leur troisième journée de marche dans ce passage cerné de murailles rocheuses, un groupe de lions les avait escortés durant quelques heures. Les félins étaient demeurés à l'écart et n'avaient montré aucune hostilité. Avant de disparaître derrière une colline basse et chauve, les lions s'étaient immobilisés, flanc contre flanc, pour pousser une série de rugissements. On eût dit qu'ils voulaient saluer le sauveur de l'Empire. Dans son for intérieur, Leonis avait aussitôt eu la conviction qu'il s'agissait bel et bien d'un salut. Quelques mois auparavant, il avait vécu une expérience similaire. Tandis qu'il naviguait en direction du sanctuaire de Bouto, d'innombrables lions s'étaient réunis sur la rive du grand fleuve. Puisque les lions ne s'aventuraient jamais près du Nil, cet événement recelait tous les aspects d'un prodige. En outre, les fauves du fleuve avaient agi de la même façon que ceux du désert : ils s'étaient postés côte à côte pour rugir à l'unisson. Montu et Menna n'avaient jamais assisté à un tel phénomène. Ainsi, lorsqu'ils avaient remarqué les redoutables félins, ils s'étaient alarmés. Leonis avait également ressenti une certaine inquiétude. Néanmoins, le comportement paisible des lions avait eu vite fait de le rassurer. Il avait demandé à ses amis de ne pas craindre ces bêtes. Finalement, l'adieu des fauves avait eu pour effet de gonfler leur cœur d'un intense sentiment d'assurance.

Leonis et ses compagnons commençaient à se lasser de cette expédition exigeante et sans itinéraire précis. Ils marchaient en scrutant le ciel. Le faucon qui devait les guider vers les Dunes sanglantes ne s'était toujours pas montré. Ce jour-là, afin de profiter de la fraîcheur du matin, ils s'étaient mis en route aux premières lueurs de l'aube. À présent, le dieu-soleil était à son zénith. Les voyageurs se déplaçaient silencieusement et sans hâte dans le four du désert. De manière à minimiser leurs efforts, ils s'appuyaient sur de solides bâtons de caroubier. En repoussant sèchement le museau de l'ânesse rousse qui marchait à ses côtés, Montu s'exclama :

— Cette bête finira par me rendre fou! Chaque fois que je détourne mon attention, elle en profite pour me lécher une oreille!

— Elle t'aime, mon vieux, répliqua l'enfant-lion sur un ton railleur. Tu es irrésistible pour cette pauvre ânesse. Son pelage et tes cheveux sont roux. Vous êtes faits l'un pour l'autre.

— C'est vraiment très drôle, Leonis, maugréa Montu. L'âne de Menna et le tien se comportent normalement. Pourquoi fallait-il que je tombe sur un animal qui a du sable dans l'esprit? J'ai les oreilles usées à cause de sa grosse langue visqueuse. De plus, elle a mauvaise haleine.

— Cesse donc de râler, mon ami, dit Menna. Tu pourrais faire pleurer cette gentille rouquine. Je te rappelle que tu as toi-même choisi cette bête dans le troupeau de l'éleveur. Pourtant, ce bougre en possédait plus d'une centaine. C'est le destin qui vous a réunis, cette ânesse et toi.

Feignant la surdité, Montu demanda d'une voix forte et nasillarde:

— Tu as dit quelque chose, Menna? Je n'entends plus rien! J'ai trop de bave dans les oreilles!

Leonis et Menna accueillirent en riant la plaisanterie de leur compagnon. En pointant de son bâton un amas de rochers, le sauveur de l'Empire proposa:

— Si nous nous arrêtions un peu? Nous marchons depuis l'aube, et le soleil est déjà haut dans le ciel. Je crois qu'une petite pause nous ferait le plus grand bien.

Les autres acquiescèrent en silence. Ils se dirigèrent vers la haute masse rocheuse désignée par l'enfant-lion. Les ânes furent abreuvés et délestés de leur charge. On leur distribua aussi quelques poignées de grains d'épeautre. Les jeunes gens déposèrent ensuite leurs bâtons, leurs arcs et leurs carquois pour aller se réfugier dans l'ombre d'une petite cavité. Ils avaient maintenant atteint une zone où le désert achevait de prendre le dessus sur la vie. Le sol de la vallée était ferme et fendillé. Les traces de végétation s'espaçaient de plus en plus. Seuls quelques vautours évoluaient encore sous la toile invariable du ciel. Afin de protéger leur peau des rayons accablants du soleil, les aventuriers portaient des tuniques. Des pièces d'étoffe maintenues par des cordons de papyrus recouvraient leurs crânes. Une fois assis, Montu retira vite sa coiffe rudimentaire. Il l'examina longuement avec une moue de dépit.

— Cette chose est peut-être efficace contre le soleil, marmonna-t-il, mais elle ne me protège pas contre cette stupide ânesse. Cette calamité sur pattes parvient toujours à glisser sa langue entre le tissu et ma tête.

— Il te suffirait de nouer l'étoffe autour de ton cou, proposa l'enfant-lion.

— Je ressemblerais à une momie. Et puis, je n'ai pas envie d'avoir encore plus chaud… Pourquoi ne veux-tu pas échanger ton âne contre le mien, Leonis?

— J'aime bien mon âne, Montu. Et ce n'est pas le moment de briser le cœur de ta bien-aimée. Nous avons besoin de cette bête. Il serait idiot de la faire mourir de chagrin.

L'infortuné tourna des yeux implorants vers Menna. Ce dernier fit non de la tête en s'efforçant de ne pas sourire. Montu se récria:

— Ah! vous êtes de merveilleux amis, les gars! Oui! Je peux vraiment compter sur vous! Cette bête m'énerve depuis notre départ de Thèbes et vous trouvez ça amusant! Bientôt, mes oreilles saigneront à force de se faire lécher sans arrêt! Tout mon sang se répandra dans le désert et vous serez obligés d'abandonner ma carcasse mourante au beau milieu de ce territoire sans vie! Vous me direz alors: «Nous sommes navrés, brave Montu. Tu étais si courageux. Tu étais prêt à nous aider à combattre le puissant Seth et, nous, nous t'avons laissé tomber. Pardonne-nous, Montu. Tu avais la bravoure pour affronter des monstres, mais nous avons laissé une insignifiante ânesse prendre ta vie.» C'est ce que vous direz, les gars. Seulement, je n'entendrai pas vos excuses. Je serai sourd comme une jarre parce que mes oreilles seront en lambeaux!

— Tu as toujours eu le sens de l'exagération, souligna Leonis. À Thèbes, tu as mis un temps fou avant d'arrêter ton choix sur cet animal. Menna et moi avons choisi rapidement nos ânes. Toi, tu tenais à ce que le tien soit différent. Quand tu es enfin sorti de l'enclos avec cette ânesse rousse, tu as crié: «Vous verrez, les gars, c'est la plus vigoureuse bête parmi toutes celles qui se trouvent ici! Quand vos ânes seront épuisés, cette gentille fille marchera encore la tête bien haute!»

Menna prit un air peiné pour ajouter:

— Tu n'aurais jamais dû lui faire ce compliment, Montu. Depuis cet instant, elle est folle de toi.

— Vous savez bien que je ne connais absolument rien aux ânes, déclara le garçon. J'ai choisi cette bête simplement parce qu'elle n'était pas de la même couleur que les autres. Au fond, je ne me suis pas trompé à propos de sa vigueur. Si elle n'avait pas cette fâcheuse manie de…

— D'accord, mon vieux, coupa l'enfant-lion. Tu prendras mon âne et je m'occuperai de cette pauvre ânesse.

— Merci, Leonis! s'exclama Montu avec un large sourire. Je n'oublierai jamais le jour où tu as sacrifié tes oreilles pour moi!

Ils se restaurèrent en mangeant du pain et des figues. L'eau des outres était tiède. Le liquide avait également un goût de cuir, mais il coula comme un nectar dans leur gosier sec. Leonis s'adossa contre un rocher. Il ferma les paupières pour donner un répit à ses yeux rougis par la lumière trop vive de l'étendue aride. D'une voix indolente, il dit :

— Le grand prêtre Ankhhaef ne doit pas être bien loin de Memphis, maintenant.

— En effet, répondit Menna. La barque d'Ankhhaef et celles qui l'escortent sont dotées de nombreux rameurs. Puisque le grand prêtre doit mettre les joyaux en lieu sûr, j'imagine que les bateaux n'ont fait que de rares et courtes escales. Quant à nous, si nous arrivons à traverser les épreuves qui nous attendent, il nous faudra ensuite des semaines pour regagner la capitale. J'espère que nous pourrons nous ravitailler dans l'oasis de la prisonnière des dunes. Car, même si nous en disposons avec bon sens, l'eau et les vivres finiront par manquer. D'autant qu'au retour, nous serons quatre.

Montu prit sa tête entre ses mains. Sur un ton geignard, il lança :

— Mourir de faim… Quelle mort atroce ce serait ! En ce moment, Mérit et Raya sont sûrement en train de préparer une montagne de gâteaux bien sucrés pour saluer notre retour… Pendant ce temps, je grignote quelques dattes desséchées et du pain dur comme de la pierre. C'est à peine mieux qu'au temps où j'étais esclave.

— À cette époque, rappela l'enfant-lion, nous ne mangions qu'une maigre ration de blé par jour. En plus, ces grains n'avaient même pas la fraîcheur de ceux que nous donnons à nos ânes. Ces années d'esclavage nous ont habitués au manque de nourriture. Je crois que nous pourrons nous adapter sans mal aux désagréments que nous imposera ce voyage dans le désert.

— Mon ventre ne se souvient déjà plus de ces temps difficiles, déclara Montu. Les bons plats des servantes l'ont rendu capricieux. J'espère qu'il cessera bientôt de se plaindre. Nous sommes loin du jour où il pourra se satisfaire et…

Montu s'interrompit. Un cri strident venait de retentir. Les aventuriers se levèrent avec empressement pour quitter l'ombre de la cavité. Ils placèrent leurs mains en visière afin d'explorer le ciel du regard. Menna fut le premier à apercevoir le faucon. Il le désigna du doigt. Les yeux de Montu et de Leonis se tournèrent vers le sud. L'oiseau de proie volait dans leur direction. Ses ailes déployées se stabilisèrent et il entama une lente descente. Il se posa enfin sur un rocher situé à quelques coudées du trio. Le faucon battit des ailes pendant un moment. Il cria encore à plusieurs reprises avant de s'immobiliser. Pour avoir la certitude que cet oiseau était bien celui qu'ils attendaient, l'enfant-lion s'approcha de lui. Après une brève hésitation, il caressa doucement la tête du faucon. Ce dernier demeura calme.

— Voici notre guide, murmura Leonis. Sa docilité nous interdit d'en douter. Les Dunes sanglantes nous attendent, mes amis.

— Il est temps de repartir, dit gravement Menna.

Dans un silence angoissé, les jeunes gens rejoignirent les ânes. Ils arrimèrent leurs bagages sur le dos des bêtes et ramassèrent leurs arcs, leurs carquois et leurs bâtons. Comme promis, Leonis laissa son âne aux soins de Montu. Toutefois, lorsque l'enfant-lion saisit la corde attachée au cou de l'ânesse rousse, celle-ci refusa obstinément d'avancer. Elle lâcha une suite de braiments déchirants et tenta de se libérer en exécutant quelques ruades. Ce manège dura un long moment et

Leonis dut se rendre à l'évidence: il ne parviendrait jamais à mener cette bête. Il posa finalement un regard narquois sur Montu pour lui dire:

— Ta bien-aimée refuse d'être conduite par un autre que toi, mon vieux. Puisque nous ne pouvons pas la laisser ici, tu devras te réconcilier avec elle.

Montu poussa un long soupir d'impatience. D'un air résigné, il haussa les épaules et s'avança vers l'ânesse pour tirer sur sa longe. La bête n'opposa aucune résistance. Afin d'exprimer sa reconnaissance, elle lécha avec application l'oreille gauche de Montu. Le garçon lui asséna une légère claque sur le museau et grommela:

— Je n'aurais jamais dû choisir cette stupide bête.

Leonis et Menna s'esclaffèrent. Le faucon s'envola et décrivit quelques larges cercles dans le ciel. Le petit groupe se remit en route. En planant, l'oiseau prit la direction du sud-ouest.

9

L'ANGOISSE
DE KHNOUMIT

La brise nocturne s'insinua dans la chambre de Tati. La flamme de la ravissante lampe de bronze en forme de lotus oscilla légèrement. Depuis un long moment, la fillette se contemplait dans le petit miroir à manche d'ébène que lui avait offert Khnoumit. Tati avait peine à croire qu'elle était devenue aussi belle. Avec émotion, elle fixait le visage que reflétait le disque de cuivre poli. Rien sur cette figure saine ne trahissait son récent passé. Lorsqu'elle besognait encore comme esclave dans l'atelier du maître Bytaou, la petite fille ne pouvait se mirer que dans l'eau trouble des seaux. Elle évitait de le faire, cependant. Car, en ce temps-là, le reflet qu'elle voyait n'était pas du tout joli. Ses cheveux cendrés de crasse avaient l'aspect de l'herbe sèche. Son visage était sale, osseux et couvert de rougeurs. Les poux la tourmentaient et son unique vêtement était une vieille tunique crottée, étriquée et criblée de trous.

À peine deux mois s'étaient écoulés depuis que Tati avait quitté ce sordide atelier de tissage dans lequel elle avait vécu trois années de misère. Les incessantes humiliations qu'elle avait subies là-bas l'avaient laissée craintive. Quelque chose lui disait que, malgré les apparences, elle n'était toujours qu'une lamentable pouilleuse. Ainsi, en observant son visage à la lueur jaunâtre de la lampe, elle avait la curieuse impression de voir une étrangère. L'enfant passa ses doigts dans sa chevelure désormais soyeuse et lustrée. Le jour de sa libération, un coiffeur de Thèbes avait dû lui raser la tête. Ses cheveux étaient encore très courts, mais il y avait bien longtemps qu'ils n'avaient pas été aussi beaux et aussi agréables au toucher. Envoûtée par son image, Tati sursauta légèrement lorsque la douce voix de Khnoumit se fit entendre derrière elle :

— La fillette qui habite dans ce miroir est vraiment la plus mignonne de toutes les petites filles d'Égypte.

Un sourire timide naquit sur les lèvres de Tati. Elle plaça le côté réfléchissant du miroir face à Khnoumit ; puis, joyeusement, elle répliqua :

— Il y a aussi une très belle dame dans le miroir.

Khnoumit émit un rire cristallin et s'assit sur le bord du lit. La petite déposa le miroir sur une table avant de venir se blottir contre elle. La sœur de Baka huma les cheveux humides de sa protégée qui murmura :

— Les servantes m'ont préparé un bain. Après, comme d'habitude, elles ont mis de l'huile parfumée sur mon corps, sur ma figure et dans mes cheveux. Après, comme d'habitude, elles m'ont donné une robe propre…

— Et après, comme d'habitude, tu étais censée te mettre au lit, l'interrompit Khnoumit en fronçant les sourcils.

— Oui, mais, comme d'habitude, j'attendais que tu viennes m'embrasser avant de dormir.

Tati éclata de rire et s'empressa de se glisser sous la délicate étoffe de lin blanc qui drapait son lit. Elle posa la tête sur un coussin et ferma les yeux pour pousser une succession de ronflements sonores.

La dame pouffa et ébouriffa les cheveux de la fillette. Elle se pencha ensuite pour l'embrasser sur les joues. Tati passa ses bras autour du cou de Khnoumit. Elle la retint un instant pour lui souffler à l'oreille :

— Je t'aime.

— Moi aussi, je t'aime, ma souris.

Khnoumit se leva pour prendre la lampe qui était posée sur une armoire. Avant de partir, elle se retourna pour chuchoter :

— Fais de beaux rêves, petite Tati.

— Bonne nuit, Khnoumit, répondit la fillette.

La sœur de Baka passa la porte. La lueur de la lampe dansa encore un instant sur les murs de la chambre. Lorsque Khnoumit quitta le quartier des femmes pour s'engager dans le couloir menant à la salle principale, Tati se retrouva dans une obscurité légèrement diluée par la clarté de la pleine lune. La petite aimait ces brefs intervalles de solitude et de silence qui précédaient le sommeil. Durant ses années d'esclavage, elle avait souvent profité de ces moments pour fuir les réalités de sa pénible existence. Couchée sur la paille infecte du dortoir de l'atelier, elle parvenait à se réfugier dans un monde bien à elle. Ce monde se trouvait loin des moqueries blessantes des autres ouvrières. Il se situait également à l'écart des perpétuelles cruautés de l'odieuse contre-maîtresse Mâkarê. Maintenant, avant de s'endormir, la petite sœur du sauveur de l'Empire songeait aux bienfaits qui remplissaient sa nouvelle vie. Elle s'interrogeait souvent sur les raisons qui l'avaient menée chez la belle Khnoumit. La fillette savait également qu'elle n'était pas tout à fait libre. Depuis qu'elle habitait dans ce domaine dirigé par Khnoumit, elle n'avait jamais pu quitter la vaste enceinte. Des gardes armés allaient et venaient dans la propriété. La maîtresse des lieux évitait de répondre aux questions que Tati lui posait au sujet de tout cela. L'enfant avait donc renoncé à interroger la belle dame. Cela ne l'empêchait guère de nourrir certaines inquiétudes à propos de son étrange situation. Tati eût aimé chasser cette petite voix qui lui rappelait régulièrement que sa vie était désormais trop belle pour être vraie. Sans les mises en garde que lui faisait sa conscience, son bonheur eût été parfait.

Cette nuit-là, avant de fermer les yeux pour appeler le sommeil, Tati songea à son frère Leonis. Au bout de tout ce temps, qu'était-il advenu de lui? Était-il toujours un esclave? Travaillait-il dans une fabrique aussi sinistre que celle du maître Bytaou? Une bien triste vision s'imposa alors dans l'esprit de l'enfant. Elle vit un garçon maigre et sale. Il était étendu sur le chaume malodorant d'un dortoir identique à celui dans lequel elle avait longtemps dormi. Le garçon était fiévreux, il avait faim et il pleurait. Cette image était à ce point criante de vérité que Tati ressentit le besoin de s'adresser à cet être pitoyable. Dans un murmure chevrotant, elle dit:

— Ne pleure pas, Leonis. Je vais demander à Khnoumit de te trouver. Elle est gentille, Khnoumit. Elle va te délivrer et, bientôt, tu viendras me rejoindre. Tu ne dormiras plus sur la paille, mon frère… Je vais caresser tes cheveux… Nous jouerons comme autrefois… Tu mangeras et tu redeviendras assez fort pour me prendre dans tes bras… Je veux que tu me prennes dans tes bras, mon frère… Je veux que…

Les paroles de Tati s'étouffèrent dans un couinement. Des larmes ruisselaient sur ses joues. Elle était maintenant convaincue que Leonis souffrait. Il fallait que Khnoumit le retrouvât. Le lendemain, elle la supplierait d'agir vite. La belle et gentille Khnoumit accepterait sûrement. Si elle refusait, la fillette se proposait d'aller elle-même à la rescousse de son malheureux frère. Elle était partagée entre la crainte de s'enfuir et l'urgence d'apaiser les tourments de Leonis. Les sanglots cessèrent et le sommeil arriva enfin. Il emporta Tati pendant que la lune ronde et pâle s'attardait devant sa fenêtre. Une douce lumière bleutée éclaira son beau visage d'enfant. Sa respiration était rapide. Ses lèvres bougeaient. Les larmes avaient paré ses longs cils tremblants de gouttelettes diaphanes.

Lorsque Khnoumit entra dans la salle principale, la vieille servante Ahouri se précipita à sa rencontre.

— Monsieur Hapsout est dans le hall, chère Khnoumit. Il voulait que je le conduise à monsieur Hay, mais je préférais vous prévenir.

D'un air préoccupé, la belle dame plaqua sa paume gauche sur son front. Elle réfléchit un moment avant de déclarer :

— Tu as bien fait de m'en avertir, Ahouri. J'ai vu monsieur Hay il y a peu de temps. Il doit encore se trouver dans le pavillon. Je vais m'occuper de Hapsout. Est-il venu seul ?

— Oui, Khnoumit.

— Très bien. Tu nous apporteras du vin, Ahouri. Je déteste ce Hapsout, mais il faut le traiter en invité.

La servante hocha la tête et quitta la pièce. Khnoumit gagna le hall. Hapsout était debout. Son bâton de bronze en forme de cobra était appuyé contre le mur recouvert de nattes. Incliné devant une étagère, le jeune homme examinait un groupe de figurines. En percevant les pas de la maîtresse des lieux, l'adorateur d'Apophis se retourna. Avec un sourire doucereux, il salua la femme :

— Bonsoir, honorable Khnoumit.

— Bonsoir, Hapsout. Vous êtes de passage à Memphis ?

— C'est le maître Baka qui m'envoie, répondit Hapsout en empoignant son bâton. Je viens prendre des nouvelles de Hay. Comment se porte-t-il? Sa blessure doit être guérie, à présent. Il doit être prêt à combattre…

— Sûrement, mentit Khnoumit en masquant son angoisse. Pour dire vrai, je n'en sais trop rien…

— Peu importe, dit Hapsout en balayant l'air de la main. Je sais que vous n'êtes pas du type à discuter avec ce genre d'individu. Où est-il? Je dois lui parler.

— Tout à l'heure, je l'ai aperçu dans le pavillon qui se trouve derrière la maison. Vous le trouverez sans doute à cet endroit. Ma servante ira vous porter du vin. Je veillerai à vous faire préparer un lit.

— Ce ne sera pas nécessaire, honorable Khnoumit. Des hommes m'attendent dans un pâturage situé non loin d'ici. Je suis venu chercher Hay. Nous avons besoin de ses habiletés de combattant. S'il est prêt, bien entendu. Ces dernières semaines, nos vaillantes troupes ont accompli des actes admirables. Elles ont…

— Ne m'en dites rien, Hapsout, rétorqua Khnoumit avec mépris. Ne savez-vous pas que je n'approuve guère les actions des adorateurs d'Apophis?

— Je sais, fit le jeune homme en affectant un air désolé. Votre frère m'a parlé de votre dégoût pour notre cause. J'avais oublié que vous n'étiez pas vraiment des nôtres. Pardonnez-moi, noble Khnoumit.

Une grande hypocrisie se lisait sur le disgracieux visage de Hapsout. Khnoumit ne dit rien. L'adorateur d'Apophis lui adressa un autre de ses insupportables sourires. Il la salua d'un geste et gagna le porche en heurtant les dalles de son bâton. Khnoumit demeura immobile. Son cœur battait à toute vitesse. La crainte la pétrifiait. Hapsout venait chercher Hay. Le malheureux n'aurait d'autre choix que de le suivre. Il serait forcé d'avouer qu'il n'avait plus la capacité de combattre. Dans quelques jours, puisqu'il était du devoir d'une Hyène de se sacrifier totalement à son dieu, Hay serait livré en pâture au grand serpent Apophis. La vieille Ahouri s'avança dans la pièce. Elle portait une petite jarre et des gobelets métalliques. Lorsqu'elle vit la figure désespérée de sa maîtresse, la servante demanda :

— Quelque chose ne va pas, Khnoumit ?

La belle posa un regard hébété sur la domestique. Ensuite, elle hocha violemment la tête de gauche à droite, laissa échapper un gémissement plaintif et se précipita vers la porte conduisant au quartier des femmes.

Khnoumit était étendue sur son lit. Elle parcourait des yeux les ramures d'acacias peintes sur le plafond de sa chambre. Depuis une heure, elle cherchait un moyen de sauver la vie de Hay. Après ce baiser échangé dans les jardins, de bien tendres sentiments avaient vu le jour entre la femme et le combattant. En vérité, ces sentiments étaient sans doute nés avant cet instant. Le baiser était simplement venu lever le voile sur une réalité que Khnoumit n'eût jamais osé admettre. Hay était un adorateur d'Apophis. Elle s'était toujours juré de ne pas fréquenter ce genre de fanatique. La belle dame n'avait jamais connu l'amour. Elle avait trente-deux ans lorsque son frère Baka avait été chassé du trône d'Égypte. Khnoumit était alors reconnue comme l'une des plus belles femmes de l'Empire. De nombreux hommes avaient demandé sa main, mais Baka avait toujours refusé. Jamais on n'avait revu ceux qui avaient eu l'audace de formuler ce vœu. Maintenant, Khnoumit ne pouvait quitter cette grande demeure qu'elle habitait depuis sept ans. En raison de la gloire immense que lui avait autrefois apportée sa grande beauté, elle risquait d'être reconnue si elle franchissait les murailles du domaine. Depuis longtemps, la dame avait renoncé à fonder une famille. Elle était beaucoup trop vieille, désormais. Elle avait enterré son désir d'amour comme elle avait abandonné l'idée de revoir le Nil qui, pourtant, n'était pas très éloigné de la propriété. Deux mois auparavant, la petite Tati était venue déterrer des sentiments que Khnoumit avait crus enfouis à tout jamais. Hay avait réalisé l'incroyable exploit de conquérir son cœur. Khnoumit fulminait en songeant à son infortune. Les deux êtres qui avaient transformé sa vie étaient condamnés à mourir.

Du revers de la main, la sœur de Baka s'essuya les yeux. Elle devait se rendre à l'évidence : elle ne pourrait rien faire pour empêcher la mort de Hay. Elle ne pouvait supplier son frère de l'épargner. Le gaillard serait sans doute torturé si Baka devinait que Khnoumit était amoureuse de lui. Jusqu'à présent, personne, mis à part la fidèle Ahouri, n'était au courant des sentiments que partageaient la belle femme et le combattant des troupes d'élite. Il valait mieux que cela restât ainsi. L'amertume et la haine habitaient l'âme de Khnoumit. Lorsqu'un glissement de pas se fit entendre dans le couloir, elle dit à voix basse :

— J'ai besoin d'être seule, ma bonne Ahouri. Je vais bien. Sois sans crainte.

Hay pénétra dans la chambre. Un sourire indéfinissable éclairait ses traits. Khnoumit se dressa sur son séant. Elle ne chercha pas à cacher son désarroi. Chaque parcelle de son visage exprimait sa part de chagrin. D'une voix éteinte, elle demanda:

— Tu es venu me dire adieu, Hay…

L'homme ne répondit pas tout de suite. Il vint s'asseoir près de Khnoumit et inspira profondément avant de déclarer:

— Je viens d'avoir une très grande peur, ma douce colombe… Lorsque j'ai vu Hapsout, j'ai eu la certitude que ma vie s'achevait. Il m'a demandé si je pouvais recommencer à combattre. J'ai menti. Je lui ai dit que oui… J'ignore ce qui m'a pris. Hapsout a commencé à rire comme un idiot. De toute façon, comment pourrait-il rire autrement? Ensuite, il m'a annoncé qu'il avait une bien mauvaise nouvelle pour moi. Il m'a dit que je serais obligé de patienter encore longtemps avant de pouvoir reprendre les armes. Il avait l'air heureux de m'annoncer cela. Je ne comprenais rien, ma colombe. J'ai fait semblant d'être très déçu. J'ai protesté. Hapsout était très content de constater ma déception. Il avait l'impression de me priver de quelque chose et il était fou de joie. Hapsout aime bien faire du mal aux gens. Puisqu'il croyait que j'étais frustré, il s'amusait bien. Je lui ai demandé pourquoi je ne pouvais plus combattre. Il m'a dit que c'était la volonté du maître Baka… Ton frère est inquiet, Khnoumit. Il a peur que tu fasses des bêtises à cause de ton amour pour Tati. Il veut qu'un homme compétent assure ta surveillance. Il tient surtout à ce que tu ne t'aperçoives de rien. Puisque j'habite déjà ici, je suis le type tout désigné pour accomplir cette tâche. Hapsout m'a demandé de te faire croire que ma blessure n'est pas encore guérie. Un médecin viendra m'examiner pour appuyer ce mensonge. Le maître m'ordonne de prolonger mon séjour ici… Selon Hapsout, mon repos pourrait durer des mois… Tu te rends compte, Khnoumit ? Ce répit est inespéré. Je vais pouvoir préparer notre fuite. Nous gagnerons le pays de Khoush[5]. Là-bas, nous n'aurons plus rien à craindre, toi, Tati et moi. Nous vivrons comme une petite famille.

La femme demeura muette. Elle ne pleura pas. Abasourdie, elle enlaça Hay de toutes ses forces.

---

5. KHOUSH : NOM QUE DONNAIENT LES ANCIENS ÉGYPTIENS À LA NUBIE. DANS L'ANCIEN EMPIRE, LE PAYS DE KHOUSH ÉTAIT SITUÉ AU SUD DE LA PREMIÈRE CATARACTE DU NIL.

10

LES DUNES SANGLANTES

Leonis, Montu et Menna progressaient en silence dans l'immensité oppressante du désert. Le paysage de mort qui les entourait semblait s'étendre jusqu'aux limites de la terre. Le ciel était d'un bleu ahurissant. Seuls le soleil et la silhouette errante du faucon venaient rompre son uniformité. En ce lieu, le divin astre du jour devenait assassin. Les voyageurs avaient l'impression que ses rayons auraient pu faire fondre de l'or. La chaleur les accablait. Elle transperçait le lin de leur tunique et pénétrait leur chair. La sueur s'évaporait dès l'instant où elle émergeait des pores. À chaque respiration, les jeunes gens sentaient leur gorge et leurs poumons s'embraser. Leur langue avait l'insensibilité de la pierre. L'eau des outres était chaude. Son goût était infect et elle ne parvenait plus à étancher leur épouvantable soif. Leonis et ses compagnons devaient lutter contre l'envie de rebrousser chemin. Ils suivaient le faucon depuis huit jours. L'oiseau volait invariablement vers le sud-ouest. Loin derrière eux se trouvaient le monde et la vie. Devant, il n'y avait que l'inconnu. Il leur restait juste assez d'eau et de vivres pour regagner la vallée du Nil. Dans peu de temps, ils atteindraient leur point de non-retour. Les ânes tenaient bon. Leur vigueur avait cependant diminué. De temps à autre, le terrain sableux se désagrégeait sous leurs sabots et ils peinaient pour conserver leur équilibre. Il arrivait qu'une bête trébuchât, mais, chaque fois que cela se produisait, l'animal se relevait vaillamment. Au milieu d'un tel endroit, l'abandon eût signifié le trépas. Même les bêtes le ressentaient. L'ânesse de Montu avait cessé de lui lécher les oreilles. Le garçon ne s'en était guère réjoui. Ce changement d'attitude s'avérait plutôt inquiétant.

Leonis et ses amis se mettaient toujours en route au lever du soleil. Le faucon apparaissait tandis qu'ils chargeaient les ânes. Chaque nouvelle journée était rigoureusement pareille à la précédente. L'oiseau se manifestait en poussant son cri perçant. Ensuite, il les attendait en décrivant des cercles dans le ciel rose de l'aurore. Le faucon était infatigable. Il volait du matin au soir sans jamais se poser. Lorsque les voyageurs s'arrêtaient, il planait au-dessus d'eux en attendant qu'ils repartissent. À l'heure où le dieu-soleil arrivait au bout de sa course quotidienne, l'oiseau de proie disparaissait soudainement. Leonis, Montu et Menna montaient alors leur modeste camp. Ils ne faisaient pas de feu. Ils mangeaient et creusaient le sol friable pour se ménager une couche dans le sable encore chaud. La température changeait en un rien de temps. Le froid de la nuit tranchait brutalement sur l'ardeur du jour. Les voyageurs s'enveloppaient de leurs couvertures. Le sommeil ne tardait pas à s'emparer d'eux. Ils étaient trop exténués pour songer à quoi que ce fût.

Le faucon lança trois appels brefs. Leonis, Montu et Menna levèrent les yeux. L'oiseau avait stabilisé son vol. Figé entre ciel et terre, on eût dit qu'il s'apprêtait à fondre sur une proie. C'était la première fois qu'il agissait ainsi. L'enfant-lion et ses amis étaient encore trop éloignés pour voir ce qui avait provoqué la réaction de leur guide.

— On dirait qu'il veut nous montrer quelque chose, avança Menna d'une voix peu énergique.

Les aventuriers accélérèrent le pas. Ils grimpèrent une élévation pour apercevoir une large porte. Ce grand rectangle avait la hauteur de trois hommes. Il se dressait au milieu d'une dépression circulaire ceinturée de dunes. Deux hauts piliers de pierres rouges supportaient un linteau sans ornement. L'ouvrage de maçonnerie avait la profondeur d'une coudée. À l'exception de sa couleur et de sa présence incongrue à cet endroit, il n'avait rien de mystérieux. Il s'agissait sans contredit d'une porte, mais cette porte n'était raccordée à aucune construction. Elle donnait sur la partie occidentale de la dépression. Seulement, il suffisait de passer tout bonnement à côté pour arriver au même endroit. L'ensemble s'érigeait donc sans raison apparente, comme s'il s'agissait de l'ultime et précaire vestige d'un temple depuis longtemps dévasté.

— Vous croyez que c'est la porte conduisant aux Dunes sanglantes? demanda Montu.

— Cela m'étonnerait, répondit Leonis. Ce n'est qu'un banal encadrement de pierre.

— Il faudrait aller l'examiner de plus près, suggéra Menna. Ce n'est certainement pas pour rien que notre ami le faucon nous a indiqué cette ruine.

Ils quittèrent leur poste d'observation pour se diriger vers la porte. À mi-distance, les ânes montrèrent des signes de nervosité. Les bêtes relevaient l'encolure et brayaient. Leurs cordes se tendaient, écorchant les paumes de leurs maîtres. Menna s'immobilisa et caressa les paupières de son âne pour tenter de le calmer. Leonis et Montu suivirent son exemple. Les animaux s'apaisèrent un peu. Le soldat s'empara d'une outre pour s'autoriser une petite gorgée d'eau. Il avala le liquide en grimaçant de dégoût. Après avoir émis un râle, il déclara :

— Les ânes n'ont pas peur sans motif, mes amis. Ils ressentent quelque chose qui nous échappe. Cette porte n'est probablement pas aussi inoffensive qu'elle en a l'air. Attendez-moi ici. Je vais aller y jeter un coup d'œil.

— Sois tout de même prudent, Menna, dit Leonis.

— Oui, ajouta Montu. Prends garde de ne pas éternuer devant ce vieux débris. Il pourrait s'écrouler sur ta tête.

Le combattant avançait déjà vers la porte. Le faucon descendit pour venir se poser sur la partie supérieure du rectangle de pierre. Menna s'arrêta à quelques pas du vétuste ouvrage. Il en fit trois fois le tour en scrutant les piliers. Il s'immobilisa du côté ouest de la porte et ouvrit les bras pour signifier aux autres qu'il n'avait rien vu de particulier. Le jeune homme passa ensuite sous le linteau pour rejoindre Leonis et Montu qui marchaient à sa rencontre. Les ânes se laissaient maintenant conduire sans opposer de résistance. Leur nervosité était cependant bien perceptible.

— Cette chose ne semble pas menaçante, commenta Menna. Je n'ai relevé aucun symbole sur les pierres qui la composent. Je l'ai traversée sans que rien ne se produise. Elle a certainement une utilité. Le faucon est maintenant perché sur son sommet. Cela prouve que c'est bien cette porte qu'il voulait nous indiquer.

Ils se tournèrent vers l'oiseau de proie. Comme s'il n'avait attendu que ce signal, le faucon déploya ses ailes et poussa son cri aigu. Il prit ensuite son envol, passa au-dessus des aventuriers et exécuta un demi-tour serré avant de foncer vers la porte. Le sauveur de l'Empire et ses compagnons ne le quittaient pas des yeux. Lorsqu'il passa dans le rectangle de pierre, l'oiseau se volatilisa tel un nuage de vapeur dans le vent.

— Vous avez vu ça? souffla Montu d'une voix blanche.

— Oui, mon vieux, acquiesça gravement l'enfant-lion. Notre guide vient de nous indiquer le passage menant au territoire de Seth. Il ne faut pas chercher à comprendre ce que nous venons de voir. Les Dunes sanglantes sont… ailleurs. Nous ne les voyons pas d'ici, mais je suis convaincu que le faucon s'y trouve à présent.

— J'ai pourtant franchi cette porte avant lui, s'étonna Menna.

— Tu l'as traversée en allant d'ouest en est, précisa Leonis. Le faucon, lui, s'est amené dans le sens contraire. C'est sans doute cela qui a fait la différence.

— Cet oiseau est peut-être mort, maintenant, s'inquiéta Montu. Qui nous dit que nous ne serons pas transformés en poussière lorsque nous passerons cette porte?

Leonis réfléchit un moment avant de faire remarquer:

— Le faucon ne nous a certainement pas guidés jusqu'ici pour provoquer notre mort… Je comprends tes craintes, mon vieux Montu. Je suis moi-même effrayé à l'idée de suivre cet oiseau… Notre voyage est censé nous conduire sur un territoire appartenant à un dieu. À mon avis, le prodige auquel nous venons d'assister ne sera pas le dernier. Je vais franchir ce passage avant vous, les gars. Nous devons y aller. C'est le seul choix qui s'offre à nous… À part celui de retourner à Memphis, bien entendu.

— Je suis d'accord avec toi, Leonis, approuva Menna. Seulement, permets-moi d'attacher une corde autour de ta taille. Quand tu te retrouveras de l'autre côté, tu n'auras qu'à tirer dessus si les choses tournent mal. En cas de danger, nous allons faire en sorte de te sortir de là.

— Bonne idée, Menna, dit le sauveur de l'Empire en hochant la tête.

Le soldat alla prendre une corde dans l'un des paniers que transportait son âne. Leonis saisit le lien. Il s'en entoura l'abdomen et fit un solide nœud. L'enfant-lion tendit à Menna le long segment de corde qui restait. Il regarda tour à tour ses compagnons et déclara:

— Si je donne un petit coup sur ce lien, cela voudra dire que tout va bien. Vous pourrez donc venir me rejoindre. Mais si je tire comme un bœuf, vous essayerez de me ramener de ce côté de la porte.

Un lourd silence succéda aux paroles de l'enfant-lion. Une peur presque palpable régnait au sein du petit groupe. Montu se joignit à Menna pour tenir la corde. D'un pas décidé, Leonis s'engagea dans le rectangle de pierre. Il le traversa et il ne se passa rien. Le sauveur de l'Empire tourna les talons et s'immobilisa sous le linteau. En souriant, il s'exclama:

— Si vous ne me voyez plus, moi, je vous vois!

— Tu es toujours visible, Leonis, répondit Montu.

— Je le sais bien, mon vieux. Je plaisantais.

Leonis revint vers ses amis. En affichant une mine déçue, il dénoua la corde et la redonna à Menna. Montu s'approcha à son tour de la porte. Il tendit son bâton de caroubier pour le placer dans le rectangle. Cette tentative fut vaine. La partie de l'objet qui se trouvait entre les piliers demeura visible. Le garçon haussa les épaules avant de lancer:

— Si nous tenons à rejoindre le territoire de Seth, il faudra peut-être nous recouvrir de plumes et apprendre à voler. Le faucon allait plutôt vite lorsqu'il a traversé cette porte. À mon avis, nous aurons beau essayer de la franch…

La voix de Montu s'était évanouie. Il s'était engagé dans le rectangle et l'avait traversé. À l'instar du faucon, il venait de disparaître. L'effarement s'empara de Leonis et de Menna. L'enfant-lion secoua sa stupeur et hurla plusieurs fois le nom de son ami. Ce dernier n'entendit rien. Il venait de franchir une frontière séparant le réel du cauchemar.

C'est dans un hoquet que Montu acheva sa phrase. Le temps d'un battement de cœur, l'adolescent vit le monde se transformer autour de lui. Promptement, il se rejeta en arrière dans l'espoir de réintégrer l'endroit qu'il venait de quitter. Malheureusement, la porte n'était plus là. Le garçon regarda de tous les côtés. Une immense étendue bosselée de hautes dunes se déployait devant son regard médusé. En ce lieu, le sable et le ciel étaient rouges. Le soleil lui-même semblait teinté de sang. Montu ne pouvait douter du fait qu'il venait d'atteindre les Dunes sanglantes. Aucun nom ne pouvait mieux s'appliquer à un tel territoire. Le garçon s'assit sur le sable. Il prit sa tête entre ses mains et respira profondément pour ne pas céder à la peur qui l'étreignait. En murmurant, il soliloqua :

— Du calme, Montu. Ce n'est surtout pas le moment de paniquer. Tu te retrouves sur le territoire du tueur d'Osiris et tout indique qu'il n'y a plus de passage pour retourner dans le monde des mortels. Mais, en y réfléchissant bien, cet endroit était l'un des buts du voyage. Après tout, c'est pour trouver les Dunes sanglantes que Leonis, Menna et toi avez quitté Thèbes. Les autres vont bientôt venir…

Montu s'interrompit. Une idée horrible venait de germer dans son esprit. Qu'allait-il devenir si ses amis n'arrivaient pas à passer la porte ? Il venait lui-même de la franchir, mais il n'avait pas la moindre idée de ce qu'il avait fait de particulier pour se retrouver là. Puisque

Leonis n'avait pas réussi du premier coup, rien ne permettait de croire qu'il y parviendrait par la suite. Cette inquiétude en éveilla une autre. Montu songea que la porte pouvait bien ne pas conduire ceux qui la traversaient au même endroit à tous les coups. Si c'était le cas, Leonis et Menna pourraient apparaître n'importe où dans cette zone étrange qui s'étalait à perte de vue. Si ses compagnons d'aventures foulaient les Dunes sanglantes à une journée de marche de lui, comment ferait-il pour les retrouver? Montu en était à ses sombres pensées lorsqu'un caillou le percuta à la base du crâne. Il poussa un cri de douleur et roula sur le côté. En se massant la tête, il se leva craintivement pour scruter les alentours. Il ne vit rien ni personne. La peur qu'il éprouvait avait monté d'un cran. Qui venait de lui jeter cette pierre? Il imagina un moment que des créatures se terraient dans le sable des dunes. Ses muscles se raidirent dans l'attente d'une seconde attaque. En tremblant, il baissa les yeux et se pencha pour prendre le caillou qui venait de l'atteindre. La couleur pâle de la petite pierre tranchait sur le sable cramoisi du monde de Seth. Montu se redressa. Il faillit mourir d'effroi lorsque son ânesse se matérialisa devant lui. La bête se précipita aussitôt sur son maître pour le heurter avec son poitrail robuste. Le garçon tomba à la renverse. Pendant qu'il tentait de se relever, l'animal lui administra un généreux coup de langue sur l'oreille droite. Montu émergea alors de sa commotion et laissa échapper un rire saccadé. D'une voix empreinte de fébrilité, il lança :

— Tu ne me croiras peut-être pas, ma vieille, mais je suis vraiment heureux de te retrouver !

Un deuxième âne apparut et la dernière bête ne tarda pas à se montrer. Leonis se manifesta à son tour. Bouche bée, l'enfant-lion fit quelques pas hésitants sur le sable rouge. Il se retourna et chercha la porte un moment avant de constater qu'elle n'existait plus. Menna termina la séquence d'apparitions. Il lâcha un cri d'étonnement en avisant le paysage onirique des Dunes sanglantes. Instinctivement, il pivota pour en arriver à la même conclusion que ses compagnons : le rectangle de pierre brillait par son absence. Reléguant leurs inquiétudes derrière le soulagement qu'ils éprouvaient d'être de nouveau réunis, les jeunes gens s'étreignirent comme s'ils venaient de vivre une longue séparation.

— J'ai eu bien peur de ne jamais vous revoir, les gars, déclara Montu.

— Nous aussi, mon brave ami, répliqua Leonis. Nous avons mis un peu de temps à comprendre le fonctionnement de la porte. Après ta disparition, nous avons fait quelques expériences. Nous avons finalement constaté que, pour atteindre les Dunes sanglantes, nous ne devions conserver aucun lien avec l'autre côté. À ma première tentative, j'étais attaché à une corde qui me liait à vous. En ce qui te concerne, lorsque tu as placé ton bâton dans l'encadrement, l'objet était dans ta main et tu te tenais à l'extérieur du passage. Le bâton demeurait donc en contact avec notre monde. Il aurait fallu qu'il passe en entier pour se retrouver ici. Lorsque tu as traversé le rectangle, tu n'étais raccordé à rien, Montu. Il en allait de même pour le faucon. Pour pénétrer sur le territoire du tueur de la lumière, il fallait aussi franchir la porte en entrant par l'est. Nous avons vérifié nos hypothèses en lançant un caillou au centre du rectangle. La pierre a disparu et…

— Et je l'ai reçu directement sur la tête, coupa Montu qui, tout en pointant son crâne de son index, exhiba le projectile.

— Tu as tout de même été très chanceux, intervint Menna en serrant les dents. J'ai d'abord eu l'intention d'utiliser une flèche.

— Ma parole ! s'exclama Montu, vous êtes plus menaçants que le dieu Seth en personne !

11
LES RÈGLES DU JEU

Depuis l'éclosion de l'univers, les forces divines régnaient sur le monde des vivants et sur celui des morts. L'âme humaine n'avait toutefois jamais évolué au cœur des splendeurs du royaume des Dieux. Les mortels croyaient que les divinités existaient en chaque chose, qu'elles avaient créé la vie et façonné la Terre. Bien entendu, ces convictions comportaient leur part de vérité. Cependant, aucun être humain n'aurait pu décrire le monde des dieux. Les Immortels gardaient leurs secrets. Il en allait ainsi en ce temps-là, il en irait de même pour l'éternité.

C'est en ce lieu inconnu des hommes que quelques divinités avaient assisté à l'introduction de Leonis dans le territoire du tueur de la lumière. Les splendides trônes de Seth et d'Horus étaient placés l'un en face de l'autre dans la grande salle du conseil des dieux. En dépit de la richesse des matériaux qui le composaient, le décor de l'endroit était relativement sobre. Les murs sans relief auraient été quelque peu banals s'ils n'avaient pas été édifiés dans l'or pur. Le carrelage était constitué d'un ensemble de dalles de cuivre, de bronze et d'argent. La nuit était tombée sur ce divin royaume. Des vasques enflammées éclairaient la grande pièce. L'absence de toit laissait voir un magnifique pan de ciel étoilé. Jamais, même par la plus radieuse de ses heures nocturnes, la glorieuse Égypte n'avait connu de firmament aussi limpide et scintillant que celui-là.

Au centre de la salle, reposant sur un socle de granit rose, se dressait un gigantesque globe façonné dans le quartz. Par l'intermédiaire de cette sphère translucide, les dieux avaient suivi la progression de l'enfant-lion. Lorsque les mortels avaient franchi la porte, Seth et Horus s'étaient levés pour s'approcher du trône de Maât. Les deux rivaux se ressemblaient beaucoup. Leurs visages étaient beaux. Ils avaient la même taille et, si Seth semblait plus robuste que son neveu, l'apparence d'Horus laissait deviner une force moins brutale et un esprit plus judicieux que celui de son oncle. La peau du fils d'Osiris était dorée. Celle de Seth se teintait du rouge clair de la cornaline.

La déesse de la vérité et de la justice était assise au milieu d'une petite tribune. Elle portait une robe blanche. Sa longue chevelure argentée était ornée d'une plume d'autruche. On n'eût pu affirmer que la figure laiteuse de Maât était jolie. Il n'y avait toutefois aucune imperfection dans ses traits. Son visage inexpressif semblait sculpté dans l'albâtre. Chaque parcelle de son être incarnait la neutralité. Derrière elle, installés sur des supports, étaient alignés six vases en or massif.

Maât se leva. Seth et Horus la regardaient en silence. La déesse de la justice tourna son regard vers Bastet qui scrutait la sphère de quartz. La protectrice de Leonis était venue assister au jeu. Comme les trois autres divinités présentes dans la salle du conseil, elle avait pris sa forme humaine : celle d'une gracieuse et noble femme aux longs cheveux sombres. Maât l'interpella :

— Il est temps de venir nous rejoindre, déesse-chat.

Bastet s'arracha à sa contemplation et se dirigea vers la tribune. En s'immobilisant légèrement à l'écart des rivaux, elle leva ses yeux de félin vers sa sœur Maât qui, sur un ton neutre, s'adressa à Seth et à Horus :

— Avant de vous énoncer les règles du duel, je tiens à vous aviser que le premier de vous deux qui ne s'y conformera pas sera déclaré perdant…

Les adversaires acquiescèrent d'un signe du menton. La maîtresse du jeu descendit les quelques marches de la tribune pour conduire Horus, Seth et Bastet vers deux grandes tables rectangulaires qui longeaient la cloison dorée. Sur chacune d'elles se trouvaient quatre rangées de plaquettes vierges. Les plaquettes de la table de droite étaient en ivoire. Celles qui s'étalaient sur le meuble de gauche étaient en ébène. Maât se retourna pour déclarer:

— La première règle de ce jeu consiste à ne pas en contester les règles. Pendant le déroulement de la partie, aucune protestation ne sera tolérée. Je suis la vérité. Je suis la justice. Nulle divinité autre que moi n'aurait pu créer un jeu plus équitable que celui que je vous présente…

Horus et Seth l'approuvèrent en silence. Maât continua:

— Bastet est l'instigatrice de ce duel. Elle vous a proposé ce défi et vous l'avez accepté. L'enjeu de cet affrontement n'est pas le même pour vous deux. Seth veut prendre la vie du sauveur de l'Empire. Horus, lui, entend trouver sa récompense dans la libération de sa sorcière. L'enfant-lion est maintenant au cœur des Dunes sanglantes. Il s'agit de ton territoire, impétueux Seth. Toutefois, puisque le ciel est le domaine d'Horus, le faucon est autorisé à guider les mortels vers l'oasis de la prisonnière. Pour l'instant, les Dunes sanglantes font office de terrain neutre.

Maât posa son regard sur Horus pour expliquer :

— À ma demande, le tueur de la lumière a confiné au néant les forces et les créatures qui se manifestent habituellement dans son domaine.

— Je n'en attendais pas moins, répondit le dieu-faucon. Il s'agissait d'ailleurs d'une condition essentielle pour que je participe à ce jeu. Si les monstres de Seth avaient été présents durant le duel, mon adversaire aurait eu la partie trop facile. Les hommes seraient sans doute déjà morts en ce moment. Les créations de mon oncle illustrent bien son mépris de la vie. Je me suis toujours interrogé sur l'utilité des Dunes sanglantes. En lui cédant ce territoire, les dieux ont offert à Seth un lieu qui lui permet de donner corps aux idées qui mûrissent dans son esprit malveillant.

— Nous ne sommes pas ici pour discuter de ce genre de choses, Horus, fit remarquer Maât. Les Dunes sanglantes appartiennent à Seth. Les créations du tueur de la lumière ne peuvent atteindre le monde des hommes. Il est libre d'agir comme il l'entend sur ce territoire.

— La vérité parle par ta bouche, vénérable Maât, apprécia Seth. Ce territoire est mon jouet, Horus. Tout y est stérile. Chacune des créatures qui peuplent les Dunes sanglantes a pour objectif d'anéantir la moindre forme de vie qui pourrait s'y introduire. J'adore mon domaine. Pour moi, rien n'est plus admirable que cet endroit. Cela va à l'encontre de tes principes, mon neveu. Seulement, je suis le dieu du chaos et des ténèbres. La mort est ma raison d'être. Quoi que tu en penses, je suis indispensable à l'équilibre de l'univers.

— Tu te moques bien de l'équilibre de l'univers, Seth. Si tes paroles recelaient la moindre part de vérité, tu n'aurais pas cherché à éliminer mon père Osiris. En le tuant, tu voulais annihiler la vie pour faire régner la mort absolue. Tenais-tu compte de l'équilibre en élaborant un tel projet? En ressuscitant Osiris, ma mère Isis a heureusement déjoué tes ignobles plans. Maintenant, ton désir est de voir le sauveur de l'Empire périr dans tes dunes. Ainsi, il ne pourrait achever la quête des douze joyaux, et le monde des hommes serait condamné.

— Je n'ai rien fait pour attirer l'enfant-lion sur mon territoire, Horus. Bien entendu, mon sorcier est sur le point de rejoindre les ennemis de l'Empire, mais je ne lui ai pas ordonné de le faire. Les circonstances veulent que Sia, ta douce sorcière, soit la seule à pouvoir s'opposer à Merab. Est-ce ma faute si cette folle a autrefois franchi la porte conduisant à mon territoire?

— C'est Merab qui l'a entraînée à cet endroit, Seth. Tu as toujours nié lui avoir demandé de le faire, mais je sais que tu es le premier responsable de la réclusion de Sia.

— Cela suffit! intervint Maât. Gardez votre fougue pour l'affrontement. Il sera bientôt temps d'amorcer le jeu. Je vais donc poursuivre mon exposé.

Seth et Horus se turent. La maîtresse du jeu continua:

— Le sauveur de l'Empire se trouve à six jours de marche de l'oasis. J'ai donc décidé que l'affrontement se jouerait en six étapes. Les vases qui sont alignés derrière mon trône renferment tous la même quantité de sable. Il y a un trou à la base de chacun d'eux et je n'ai qu'à retirer un bouchon pour que le sable s'écoule. Il faut une heure pour qu'un vase se vide totalement de son contenu.

La déesse se retourna. De sa paume ouverte, elle désigna les tables sur lesquelles étaient posées les plaquettes pour déclarer:

— Ces plaquettes ont été disposées sens dessus dessous afin que vous ne puissiez voir les symboles qui y sont gravés. Il y en a cent sur chaque table, mais vous ne devrez en choisir que dix chacun. Horus utilisera les plaquettes d'ivoire. Celles d'ébène iront évidemment à Seth. Vous choisirez votre jeu au hasard. N'essayez pas d'utiliser vos facultés pour percevoir les symboles à travers la matière. Ce serait peine perdue. Toutes les plaquettes sont dotées d'un voile qui frustrerait vos tentatives. Après avoir amassé les dix carreaux qui constitueront votre jeu, vous irez vous asseoir sur vos trônes. Je vous énoncerai alors le reste des règles. Vous pouvez procéder immédiatement. Je vous demande de ne pas regarder tout de suite les plaquettes que vous aurez choisies. Veillez surtout à ne pas les faire voir à votre rival.

Maât s'écarta afin de laisser Seth et Horus choisir leurs plaquettes. Le regard gris et chatoyant du tueur de la lumière accrocha un instant celui du dieu-faucon. La haine étincelait dans les yeux des adversaires. Leurs lèvres dessinaient le même sourire méprisant. Sans échanger une seule parole, ils s'approchèrent des tables. Sous l'œil vigilant de la maîtresse du jeu, ils choisirent chacun dix plaquettes. Ils regagnèrent ensuite leurs magnifiques sièges.

Maât retourna sur la tribune. Le regard de la déesse se posa de nouveau sur les joueurs et elle reprit :

— Vous possédez maintenant les dix plaquettes qui vous permettront de jouer. Étant donné que le but d'Horus est de défendre l'enfant-lion, les représentations qui marquent ses plaquettes sont, pour la plupart, bénéfiques et protectrices. Les symboles de Seth illustrent les forces du chaos et des ténèbres. Certaines d'entre elles représentent les créatures qui hantent habituellement son domaine. Il se peut donc que des monstres créés par ton oncle se manifestent, Horus. J'estime que cela est juste. L'objectif de Seth est d'anéantir le sauveur de l'Empire et je dois lui permettre d'utiliser ses armes sur son propre territoire. Cependant, avant de libérer l'une de ses créatures, il devra disposer de l'illustration qui la symbolise. Quelques plaquettes vierges ont été dispersées parmi celles se trouvant sur les tables. Ces plaquettes sans illustration existent simplement pour faire perdre un coup au joueur qui en possède une. Dans votre série, vous découvrirez peut-être un symbole illustrant un bouclier. L'utilisation du bouclier empêchera une riposte ou annulera le dernier coup de votre compétiteur. À présent, vous pouvez examiner vos plaquettes.

Les dieux s'exécutèrent. Seth étudia sa série de symboles en fronçant les sourcils. Le hasard lui avait décerné la sentinelle, le serpent, l'obscurité, l'épuisement, la tromperie, l'engloutissement, les Gardiens, la démence, le vent et une plaquette vierge. Le dieu du chaos évita de montrer sa satisfaction. Même s'il ne connaissait pas encore toutes les règles du duel, il avait le pressentiment que son jeu était excellent. De son côté, Horus entrevit que la partie ne serait guère aisée pour lui. Sa série comptait deux carreaux vierges. Heureusement, il disposait d'un bouclier. Les autres plaquettes représentaient les fourmis, la chaleur, l'antidote, la vérité, la pierre, l'oiseau Benou et la bravoure. Le jeu du dieu-faucon ne semblait pas des plus reluisants, mais, avant de se considérer comme défavorisé, Horus jugea qu'il valait mieux attendre la suite de l'exposé de Maât. Celle-ci ne tarda guère à reprendre la parole:

— Les illustrations qui sont gravées sur ces plaquettes représentent des choses auxquelles vous pourrez recourir pour attaquer ou contrer votre rival. Pour bien illustrer le principe du jeu, je vais vous donner l'exemple d'un coup et de sa riposte.

Maât ferma les yeux et s'accorda un moment de réflexion avant de dire:

— Dans mon aperçu, c'est Seth qui entame l'affrontement. Il possède le symbole de la hyène. Il peut donc utiliser ce carnassier contre le sauveur de l'Empire et ses compagnons. Nous avons remarqué que les humains sont armés. Une seule hyène serait probablement très vite foudroyée par leurs flèches. Malgré le peu de danger que comporterait une telle attaque, Horus serait obligé de répliquer. Dans un tel cas, il pourrait simplement avoir recours à un carreau vierge pour laisser les mortels se défendre seuls. Bien sûr, si le dieu-faucon n'a aucune plaquette vierge dans sa série, il pourrait, de manière à éviter de sacrifier une plaquette importante, se débarrasser d'un symbole qu'il jugerait inutile. Horus aurait également le loisir d'éliminer la hyène. S'il possédait dans son jeu le symbole du lion, il serait à même d'en faire usage pour qu'un lion assaille l'animal envoyé par Seth… Il vous sera possible d'interpréter certains symboles selon vos désirs. Le symbole de l'abîme autoriserait Seth à créer un gouffre dans lequel tomberaient les mortels. Cette même illustration, utilisée par Horus, lui permettrait de faire apparaître une crevasse entre les hommes et une menaçante créature. Avant chaque tour, chaque joueur devra me montrer sa plaquette et m'informer de l'utilisation qu'il comptera en faire. Si j'estime que son coup est joué dans le respect des règles, je lui donnerai mon approbation. Comprenez-vous les principes de ce jeu, Seth et Horus?

— Je les comprends, vénérable Maât, répondit le dieu-faucon. Il en va visiblement de même pour mon rival…

Seth hocha la tête en signe d'acquiescement. La maîtresse du jeu entama la dernière partie de son exposé:

— Le jeu durera six jours. Dans le cas où les humains n'auraient pas atteint l'oasis avant la fin du jeu, Seth sera libre de les éliminer. Si Leonis meurt avant que ne soit joué le dernier coup, Seth aura triomphé. Les compagnons du sauveur de l'Empire seront alors livrés à la volonté du dieu du chaos. Le hasard désignera celui qui devra commencer l'affrontement. Ce joueur pourra toutefois refuser d'ouvrir les hostilités. Il pourra alors concéder le premier coup à son vis-à-vis. Il faut que vous sachiez que celui qui amorcera le jeu sera toujours le premier à jouer par la suite. Chaque jour, lorsque le soleil sera à son zénith, je retirerai le bouchon de l'un des six vases d'or. À l'instant où le sable commencera à se répandre sur le sol, vous pourrez entreprendre une nouvelle étape de la partie. Comme vous le savez déjà, chaque vase mettra précisément une heure à se vider. Les sorts qui seront jetés durant cette heure garderont leur effet jusqu'à ce que le sable cesse de couler.

— C'est ridicule, maugréa Seth. Je ne disposerai donc que d'une heure par jour pour tourmenter l'enfant-lion. Il est sur mon territoire. En temps normal, j'aurais pu m'amuser avec lui durant des journées entières.

— Tu as accepté de participer à ce duel, Seth, s'interposa Bastet. Si tu ne l'avais pas fait, Leonis n'aurait pas foulé le sable des Dunes sanglantes. Tu dois respecter les règles établies par Maât, maintenant.

— En supposant que j'aie changé d'avis, Bastet, que pourriez-vous faire contre ma volonté? L'enfant-lion est actuellement à ma merci. Il ne peut quitter ce territoire. Maât nous a avisés que les joueurs ne devaient pas contester les règles de son jeu. Mais qu'arriverait-il si je décidais de ne plus jouer? Je n'avais pas l'intention de contester le règlement avant de savoir que je ne disposerais que d'une seule heure de plaisir par jour dans un domaine qui m'appartient.

— Ce duel aura lieu, Seth, trancha Maât. Nous avions prévu une telle objection de ta part. Même si le duel n'est pas commencé, tu ne peux te défiler. Rê a été consulté à ce sujet.

Si tu ne tiens pas la promesse que tu as faite d'affronter Horus, Leonis, ses amis et la prisonnière des dunes seront transportés hors de ton domaine grâce aux pouvoirs du dieu-soleil.

— Aurais-tu peur de m'affronter, mon oncle? avança Horus avec dédain. Toi qui as toujours été perfide, serais-tu devenu un misérable lâche?

Le tueur de la lumière émit un rire rauque avant de rétorquer:

— Tu ne feras plus le brave lorsque l'enfant-lion aura rejoint le royaume de ton père, Horus. Je participerai à ce duel. Il sera bref. Puisque, de toute manière, je ne pourrai pas me divertir trop longtemps, je veillerai à triompher rapidement.

— Cela suffit, jeta Maât. Dans deux heures à peine, le soleil atteindra son point culminant dans le ciel d'Égypte. Le jeu pourra alors débuter. Il ne me reste qu'à désigner celui d'entre vous qui commencera la partie.

La déesse plongea sa main blanche et délicate dans un petit panier qui se trouvait à la base de son trône. Elle en retira une plaquette de bronze. Après l'avoir consultée, elle annonça:

— Le hasard a favorisé le dieu-faucon. S'il décide de conserver ce privilège, Horus sera le premier à jouer.

12

TROUBLANTES
TÉNÈBRES

Leonis, Montu et Menna se reposaient. Ils
n'avaient pas encore quitté la dune sur laquelle
ils s'étaient retrouvés après avoir franchi la
porte. Ils s'étaient restaurés et avaient nourri
les ânes. Caressant l'espoir d'apercevoir l'oasis
de la prisonnière, ils avaient scruté en vain
l'étendue rouge des Dunes sanglantes. Au
cœur du territoire de Seth, mis à part le soleil,
il n'existait aucun repère. Il était même
impossible de définir la frontière séparant le
ciel de la terre. Pour l'instant, le faucon n'avait
pas donné signe de vie. Naturellement, avant
de se remettre en route, le trio se devait
d'attendre la venue de l'oiseau.

L'enfant-lion et ses amis étaient assis sur
le sable chaud. Pour bénéficier d'une meilleure
liberté de mouvement lorsque la situation le

commanderait, ils ne portaient plus que des pagnes. Malgré le calme qui régnait sur les Dunes sanglantes, les jeunes gens ne pouvaient ignorer l'imminence du danger qui les guettait. Par acquit de conscience, Menna avait scrupuleusement vérifié chacun de leurs arcs. Leonis se leva pour faire quelques pas sur la dune. En plaçant ses mains sur ses sourcils, il observa le ciel.

— Toujours pas de faucon, constata-t-il. Notre guide s'accorde une petite pause, mes amis.

— Pourvu qu'il ne soit pas mort d'épuisement! lança Montu. Cet oiseau vole depuis des jours sans se poser. En ce moment, sa carcasse est peut-être en train de rôtir tranquillement au soleil…

Le garçon s'interrompit. Il se massa le menton d'un air rêveur avant de demander:

— Vous croyez que c'est bon, du faucon rôti?

— Je l'ignore, mon vieux, répondit Leonis en souriant. Pour l'instant, je préférerais apercevoir notre oiseau dans le ciel plutôt que dans une assiette. Puisque Bastet m'a affirmé qu'il nous guiderait vers l'oasis, j'ai la certitude qu'il sera bientôt là.

— Au fond, dit Menna, nous sommes ici depuis bien peu de temps. Selon la position du soleil, il y a à peine une heure que nous avons traversé la porte. Si on songe aux dangers qui nous attendent, ce répit forcé est sûrement nécessaire.

L'enfant-lion vint se rasseoir auprès de ses compagnons. L'air pensif, il soupira :

— Le pire dans cette histoire, c'est que nous ne savons guère à quoi nous attendre. De l'endroit où nous sommes, nous ne voyons pas l'oasis de la prisonnière. Elle se situe probablement à plusieurs journées de marche d'ici. De plus, nous n'avons aucune idée de ce à quoi ressemblera le duel des dieux. Il est peut-être déjà entamé. Comment savoir ?

— À mon avis, avança Menna, lorsque le duel débutera, nous le saurons. Pour l'instant, les dunes dorment. Je dis qu'elles dorment parce que j'ai l'impression que ce territoire est vivant. Je me sens comme une puce sur le dos d'une gigantesque bête.

— Moi, j'ai l'impression qu'on nous observe, confia Montu. Et puis, tout est beaucoup trop calme, ici. En fermant les yeux, on pourrait se croire dans un tombeau.

Personne ne répliqua. Après les mots de Montu, de troublantes pensées se bousculèrent dans leur esprit. Cet endroit était certainement un tombeau. Et, afin que ce tombeau ne devînt pas le leur, il leur faudrait lutter avec acharnement. Parviendraient-ils, tous les trois, à atteindre l'oasis? Rien n'était moins sûr. C'est avec un soulagement teinté d'angoisse qu'ils entendirent enfin le cri du faucon.

— Notre guide est de retour, fit le sauveur de l'Empire en se levant d'un bond.

L'oiseau de proie planait déjà au-dessus de leurs têtes. Sa silhouette harmonieuse traçait une croix sombre sur la toile enflammée du ciel. Un frisson d'anxiété laboura le dos de Leonis. Ses lèvres tremblaient lorsqu'il soupira:

— Allons-y, mes amis. Le temps est venu de nous jeter dans ce nid de serpents. Que le dieu-faucon protège nos vies!

Bastet détachait rarement ses yeux d'ambre de la scène qui se déroulait dans la sphère de quartz. Depuis une heure, elle assistait à la lente progression des mortels au milieu du décor cramoisi des Dunes sanglantes. Dans cette zone du monde terrestre, le soleil atteindrait bientôt son point culminant. Maât n'avait pas bougé de son trône. Ses paupières étaient closes. Les mains posées à plat sur ses cuisses, elle semblait méditer. En attendant que la déesse de la justice leur signalât d'entreprendre la partie, Seth et Horus fixaient eux aussi le globe translucide. De temps à autre, l'un des joueurs examinait ses plaquettes pour se plonger un moment dans ses réflexions. Horus et Seth établissaient leur stratégie. Leur visage ne révélait rien qui eût pu renseigner Bastet sur la nature de leur jeu. La déesse-chat tremblait pour son protégé.

Maât ouvrit les yeux et se leva. D'une voix sans timbre, elle décréta:

— Le soleil a atteint son zénith, Seth et Horus. Le duel doit maintenant commencer. Joueras-tu le premier, fils d'Osiris?

— Je concède le premier coup à mon adversaire, vertueuse Maât.

— Qu'il en soit ainsi! approuva la déesse.

Maât se dirigea vers le vase qui se trouvait à l'extrême gauche de son trône. D'un mouvement preste, elle tira sur une chaînette pour retirer un bouchon inséré sous le récipient. Un filet de sable ininterrompu, mince comme une ficelle, jaillit du vase pour couler directement sur le sol de la tribune. Maât regagna son siège et déclara:

— Il t'appartient donc d'ouvrir les hostilités, Seth. Tu disposes de la moitié d'une heure pour jouer ton coup. Tu dois procéder dans ce délai. Sinon tu auras perdu ce tour et je devrai te retirer une plaquette.

— Je suis prêt, Maât, fit savoir Seth avec un sourire. Horus ne m'a guère surpris en me permettant d'entamer ce duel. On ne peut efficacement contrer une menace avant qu'elle ne se révèle. Horus aurait été désavantagé en amorçant cette partie. Je dois avouer que mon neveu a pris une sage décision.

— N'essaie pas de m'endormir avec tes éloges, mon oncle, répliqua le dieu-faucon. Les compliments qui sortent de ta bouche sonneront toujours faux à mon oreille. Contente-toi de jouer.

— Très bien, Horus, répondit le dieu du chaos en haussant les épaules. Si tu commences déjà à montrer de l'impatience, je suppose que ton jeu n'est pas très satisfaisant. Tu as toujours été trop impulsif, mon neveu. Tu devrais suivre plus souvent mes conseils…

— Je suivrai tes conseils lorsque je voudrai me conduire comme une médiocre vipère, Seth!

La réplique d'Horus provoqua le rire du tueur de la lumière. Ce dernier examina sa série de symboles. Il en choisit un. Il se leva, déposa ses autres plaquettes sur son siège et se dirigea vers Maât en tenant le carreau d'ébène qu'il avait sélectionné. Il le montra à la maîtresse du jeu en annonçant:

— Ce symbole est celui de l'obscurité, vénérable Maât. Au-dessus des Dunes sanglantes, le ciel est clair. Sans le moindre nuage, il me serait impossible de faire disparaître la lumière du soleil. En outre, l'obscurité n'a rien de bien redoutable. Elle revient chaque nuit et les mortels y évoluent sans crainte. Cependant, les ténèbres peuvent parfois causer la terreur d'un être. Lorsque l'obscurité menace d'être permanente, l'homme et la bête s'abandonnent habituellement à la panique. Je vais donc amorcer cette partie en utilisant ce symbole, Maât. Je veux que l'obscurité enveloppe Leonis, ses compagnons et leurs bêtes. Mon désir est de les voir devenir aveugles. Cet état ne leur sera certes pas fatal. Ils recouvreront la vue quand le vase sera vide. Toutefois, ils n'en sauront rien. Ils se croiront condamnés. Je sais qu'ils auront très peur. Il n'y a rien de tel que l'effroi et le désespoir pour saper les forces d'un homme.

Maât tendit la main et s'empara de la plaquette que lui montrait Seth. Elle jeta un regard sur l'illustration représentant l'obscurité ; puis, en hochant lentement la tête, elle conclut :

— Ta requête est accordée, bouillant Seth !

Sur le terrain irrégulier du domaine de Seth, chaque foulée était laborieuse. Les pieds s'enlisaient jusqu'aux chevilles. Leonis, Montu et Menna avaient du mal à gravir les dunes dont les flancs s'effondraient sous leurs pas. Les ânes s'échinaient pour extirper leurs sabots du sable fin. Les pauvres bêtes anhélaient sous l'effort. Les jeunes gens devaient fréquemment unir leurs énergies pour les aider à se dégager. L'atmosphère était étouffante. L'air semblait se raréfier. Les aventuriers avaient du sable dans les yeux, dans le nez et dans la bouche. Ils progressaient ainsi depuis une heure en éprouvant la désagréable impression de ne pas avancer.

Parvenus avec leurs ânes au sommet d'un monticule particulièrement abrupt, Leonis et Montu observaient Menna qui aidait sa bête à gravir la pente. Le jeune homme ancra ses talons dans le sable. Ensuite, il inclina le buste afin de tirer de toutes ses forces sur la longe de l'animal. Ce dernier n'était qu'à trois coudées du sommet. Il releva le museau et s'accrocha vaillamment au sol inconsistant de la montée. Son maître l'encourageait d'une voix forte. L'âne tendait les muscles en faisant montre d'une admirable persévérance. Malheureusement, le sable se désagrégea sous ses sabots. L'animal s'effondra pour dégringoler la dune dans un nuage de poussière. La corde lacéra la paume de Menna qui hurla de rage et de douleur. En bas, la bête se débattait en cherchant une assise solide pour donner prise à ses pattes graciles.

— Ce désert est infranchissable ! s'écria Menna en secouant violemment sa main blessée. Nous ne pouvons exiger autant de ces pauvres ânes ! Nous finirons par les tuer !

— On ne peut quand même pas les abandonner, observa Leonis. Ils mourraient de toute façon. Et puis, nous avons besoin d'eux pour transporter nos vivres.

Le jeune soldat dévala la dune pour aller porter secours à sa bête qui ne parvenait plus à se relever. Il s'approcha d'elle en murmurant pour l'exhorter au calme. Ces paroles apaisantes s'étouffèrent dans un râle de stupeur lorsque l'obscurité la plus totale se fit autour de lui. Interdit, il leva ses mains à la hauteur de ses yeux pour tenter de les apercevoir. Son âne poussa un braiment terrorisé. Dans son dos, Menna entendit Montu crier :

— Je n'y vois plus rien, les gars ! Je suis... je suis aveugle !

Leonis venait lui aussi de sombrer dans un puits de ténèbres. La surprise le pétrifiait. Un âne affolé fonça sur lui. Le choc fut brutal. L'enfant-lion perdit pied. Il tomba sur le dos et débuola la dune. Après plusieurs roulades, il atteignit le bas de la pente en embrassant le sable. Étourdi, il fit de son mieux pour réfléchir. Il était aveugle. Montu aussi. Menna, cependant, avait peut-être échappé à cet horrible et mystérieux mal. Remué par une infime espérance, le sauveur de l'Empire demanda :

— Menna ! Est-ce que tu m'entends, Menna ?

— Je t'entends, Leonis ! répondit une voix lointaine. Est-ce que tu es aveugle comme Montu et moi ?

— Oui, dit simplement l'enfant-lion avant de laisser tomber sa figure sur le sable.

La réponse du jeune homme venait d'anéantir son dernier espoir.

— Nous sommes tous aveugles ? interrogea Montu sur un ton paniqué. Dites-moi que ce n'est pas vrai, les gars ! Dites-moi que ça ne durera pas ! Sinon c'est terminé pour nous ! Nous ne quitterons jamais ce territoire !

Couché sur le ventre, les bras en croix, Leonis essaya un moment de chasser l'effroi qui s'était emparé de lui. Sa tentative fut inutile. Il n'y avait aucune raison de ne pas se laisser abattre. Les paroles de Montu étaient justes. Quelque part, le mystérieux duel des dieux avait eu lieu. De toute évidence, il n'avait pas duré très longtemps. Tout indiquait que le tueur de la lumière venait de vaincre Horus. Loin sur sa gauche, Leonis entendit le hi-han éperdu d'un âne. Les bêtes étaient probablement aveugles, elles aussi. En ce moment, elles s'en allaient avec l'eau et les vivres. Les ténèbres étaient déjà là. La mort viendrait bientôt.

En premier lieu, Horus n'avait pas eu l'intention de répliquer à l'attaque de Seth. Puisque leur cécité ne durerait pas plus d'une heure, l'enfant-lion et ses amis s'en tireraient sans trop de dégâts, avait-il songé. Le jeu du dieu-faucon était mauvais. Étant donné que son adversaire avait joué un coup qui n'aurait rien de fatal, il comptait profiter de l'occasion pour se débarrasser de l'une de ses deux plaquettes vierges. De toute manière, il n'avait rien à opposer au sort du tueur de la lumière. Rien. À part le bouclier. Toutefois, Seth ne s'était guère trompé en prophétisant la frayeur qu'éprouveraient les hommes et les bêtes en devenant aveugles. Par l'intermédiaire de la sphère de quartz, le dieu-faucon avait assisté à la scène dramatique qui avait succédé au coup de son vis-à-vis. Maintenant, Horus savait qu'il n'avait guère d'autre choix que de riposter. S'il ne le faisait pas, le sauveur de l'Empire et ses compagnons, une fois libérés du sort, perdraient de précieuses énergies et d'inestimables heures à poursuivre leurs ânes. Le fils d'Osiris devait admettre que Seth avait joué avec finesse. Il avait semé la terreur dans l'esprit des aventuriers. Maintenant, même en recouvrant la vue, ceux-ci demeureraient affligés par le doute et l'angoisse. Horus aurait pu jouer la plaquette symbolisant la bravoure, mais cela n'aurait résolu que la moitié du problème. Les ânes se seraient tout de même éloignés des hommes.

Horus leva les yeux. Bastet l'observait avec insistance. Il fallait qu'il répliquât. Il prit le carreau illustrant le bouclier et se mit debout. Sans regarder Seth, il s'avança vers la maîtresse du jeu. Il masqua son trouble avec conviction pour déclarer :

— J'utiliserai le bouclier pour contrer le jeu de Seth, vénérable Maât.

La déesse de la justice présenta sa paume à Horus qui y déposa sa plaquette d'ivoire. Maât reconnut le bouclier, hocha la tête et statua :

— Qu'il en soit ainsi, dieu-faucon !

Après ces mots, le décor onirique des Dunes sanglantes réapparut devant les yeux éberlués des mortels. Grâce au globe de quartz, leurs cris de soulagement se firent bientôt entendre entre les murs d'or de la grande salle du conseil des dieux.

13
L'ENGLOUTISSEMENT

L'enfant-lion et ses amis avaient établi leur campement pour la nuit. Ils s'étaient installés sur une dune pareille aux milliers d'autres qui modelaient l'étendue du territoire de Seth. Le soleil se couchait. La teinte sanguine du ciel se nuançait d'or et de pourpre. L'effet du crépuscule avait quelque chose de sinistre. L'uniformité de ce monde désertique n'était rompue que par la piste soulignant le trajet parcouru par les hommes et les bêtes. Les voyageurs étaient exténués. Les émotions qu'ils avaient éprouvées ce jour-là avaient eu pour effet d'amplifier leur accablement. Après avoir retrouvé l'usage de leurs yeux, ils s'étaient hâtés de réunir les ânes. Heureusement, les bêtes n'avaient guère eu le temps de trop s'éloigner. L'une d'entre elles n'était plus visible. Toutefois, en suivant ses traces, ils l'avaient rapidement rattrapée. Leonis, Montu et Menna avaient ensuite repris leur pénible marche. La peur se mêlait désormais aux rigueurs de l'expédition. À tout moment, ils s'attendaient à tomber de nouveau sous l'emprise horrifiante des ténèbres. Ils avaient cependant progressé jusqu'au déclin du jour sans que rien d'effroyable se produisît. Les aventuriers s'apprêtaient à passer leur première nuit au cœur des Dunes sanglantes. Ils avaient décidé de se relayer afin d'assurer une surveillance constante jusqu'à l'aube. Menna avait planté une torche dans le sable. Elle serait allumée lorsque disparaîtraient les dernières lueurs du couchant. Remontant sa couverture sur ses épaules, Montu lança :

— Je me demande encore si le terrible événement que nous avons vécu aujourd'hui était une conséquence du duel des dieux. Sommes-nous devenus aveugles à cause de Seth ? Est-ce Horus qui nous a redonné la vue ?

— D'après moi, ce phénomène était sans nul doute relié au duel, répondit Leonis. J'ignore comment se déroule ce jeu, mais nous avons certainement été victimes de la puissance de Seth. Le dieu-faucon a répliqué et il a triomphé. Puisque, par la suite, nous n'avons rien vécu de semblable, il se pourrait que le duel soit terminé...

— Cela m'étonnerait, fit Menna. Pour ma part, je crois que l'affrontement durera tant que nous n'aurons pas atteint l'oasis. Si, au moins, nous connaissions les règles de ce duel… À quel moment surviendra la prochaine offensive du tueur de la lumière? Nous ne savons pas à quoi nous attendre, les gars. Nous faisons partie d'un jeu dans lequel nous ne sommes que des pions. Aujourd'hui, quand je me suis retrouvé aveugle, j'ai compris que, sur ce territoire, mes habiletés de combattant comptaient pour bien peu de chose. En ce lieu, nous sommes aussi impuissants que des nouveau-nés. Notre survie dépend entièrement des aptitudes du dieu-faucon.

— En effet, Menna, approuva le sauveur de l'Empire. Cette situation est épouvantable. Ce matin, en traversant le grand rectangle de pierre, nous étions passablement fatigués. Il aurait été préférable de s'accorder une journée de repos avant de franchir la porte. Seulement, nous ne pouvions prévoir que les choses tourneraient ainsi… Lorsque nous avons perdu la vue, nous n'avions parcouru qu'une faible distance sur le sable des Dunes sanglantes. Pourtant, nous étions déjà exténués. Après cette troublante expérience, que nous devons assurément à une attaque de Seth, Horus nous a débarrassés du sort lancé par son adversaire.

Malgré cela, c'est sous l'effet de la crainte que nous avons repris notre difficile progression au milieu de ce territoire inhumain. Nous avons maintenant besoin de repos. Mais, puisque le danger peut survenir à n'importe quel moment, nous aurons sans doute bien du mal à trouver le sommeil. Nous ne pourrons tenir longtemps si nous n'arrivons pas à reprendre des forces.

— Il faut tout de même essayer de dormir, Leonis, dit Menna. Je vais assurer le premier tour de garde. Quand j'aurai du mal à garder les yeux ouverts, je te réveillerai.

Leonis acquiesça en silence. À l'ouest, les Dunes sanglantes achevaient d'engloutir le soleil. Menna prit un bois de feu et alluma la torche. Montu et Leonis s'installèrent pour dormir. En dépit de leurs inquiétudes, ils y parvinrent plutôt rapidement. L'obscurité tomba sur le désert de Seth. Les étoiles perçaient timidement la brume lie-de-vin qui voilait le ciel nocturne. La lune était rouge. Menna veilla longtemps dans le faible halo diffusé par la torche. Sa main droite était crispée sur la lance qui était posée à ses côtés. Jamais le brillant combattant ne s'était senti plus vulnérable.

Le lendemain, la confiance était peu à peu revenue au sein du trio. La nuit s'était déroulée sans que le moindre incident vînt la perturber. Leonis, Montu et Menna marchaient depuis l'aurore, et le soleil avait presque atteint la moitié de sa course quotidienne. Compte tenu du fait qu'aucun événement semblable à celui de la veille ne s'était encore produit, les jeunes gens commençaient à croire que le duel des dieux était terminé. Après tout, si Horus n'était pas parvenu à contrer le sortilège du tueur de la lumière, les conséquences auraient été désastreuses pour le sauveur de l'Empire et ses compagnons. S'ils n'avaient pas recouvré la vue, leur mission n'aurait pu être accomplie et ils seraient tous morts au bout de quelques jours d'errance. Étant donné que ce seul coup aurait suffi à les anéantir, il était fort possible que l'affrontement entre Seth et Horus n'eût duré que le temps d'un assaut. Les aventuriers l'espéraient de toutes leurs forces. L'assurance revenait doucement gonfler leurs cœurs braves. Pendant ce temps, dans la grande salle du conseil des dieux, Horus et Seth se préparaient à poursuivre leur duel.

Maât abandonna sa méditation. Elle se leva pour aller retirer le bouchon du deuxième vase d'or. Elle revint vers son trône, s'assit et lança :

— Le soleil a atteint la moitié de son parcours. Il est temps de jouer ton second coup, Seth.

Le dieu du chaos avait profité de ce long intervalle pour préparer sa prochaine offensive. Quant à Horus, avant de pouvoir réfléchir à une éventuelle riposte, il se devait d'attendre que le coup de son adversaire fût joué. Seth avait donc décidé d'utiliser un sort qui anéantirait très rapidement les mortels. Ainsi, peu importaient les symboles se trouvant en possession d'Horus, le dieu-faucon ne pourrait sans doute pas réagir assez promptement pour venir en aide à l'enfant-lion. C'est donc avec confiance que le tueur de la lumière se leva pour s'avancer vers Maât. Il montra son carreau d'ébène à la maîtresse du jeu en expliquant :

— Cette plaquette illustre l'engloutissement, glorieuse Maât. Je désire que le sol de mon territoire perde sa consistance pour que les dunes engouffrent les mortels.

Maât s'empara de la plaquette de Seth. Son visage demeura impassible. Elle réfléchit un moment et, en plongeant son regard dans les yeux gris du dieu du chaos, elle jeta :

— J'accède à ta demande, redoutable Seth. Que le sable de tes dunes devienne friable comme de la cendre !

Les lèvres de Seth dessinèrent un large sourire. Bastet jeta un coup d'œil désespéré en direction d'Horus. Le regard de ce dernier ne croisa pas celui de la déesse-chat. Le fils d'Osiris examinait ses symboles avec fébrilité.

De prime abord, lorsque son pied droit s'enfonça plus profondément que d'ordinaire dans le sable léger, Leonis ne s'en inquiéta pas. De même, quand son âne se mit à braire et à tirer sur sa corde, il songea que la bête avait simplement failli trébucher une nouvelle fois. L'enfant-lion et ses amis mirent quelques instants à comprendre que le sable qu'ils foulaient n'avait plus de fermeté. Montu fut le premier à exprimer cette terrifiante constatation :

— Je m'enfonce, les gars ! Aidez-moi ! Tendez-moi vos bâtons ! Je ne peux plus avancer !

— Nous nous trouvons sur des sables mouvants ! hurla Menna qui tentait sans succès de s'extirper du sol inconsistant. Je n'arrive plus à soulever mes jambes !

— Je m'enfonce aussi ! dit Leonis qui se trouvait derrière ses compagnons. Nous sommes tous en train de nous enliser !

Le sauveur de l'Empire avait maintenant du sable jusqu'aux genoux. Son âne cambrait violemment le dos pour tenter d'échapper à l'engloutissement. L'épouvante se lisait dans les yeux sombres de l'animal. Une frange d'écume émergeait de sa gueule.

— Qu'allons-nous faire? rugit Montu. Comment avons-nous pu nous retrouver tous les trois sur des sables mouvants? Je peux vous assurer que le sol était ferme sous mes pieds! On dirait que le sable s'est transformé soudainement pour…

— C'est certainement un coup de Seth! vociféra Menna. Le duel n'est pas terminé! Les Dunes sanglantes nous dévorent! À moins qu'Horus ne nous fasse pousser des ailes, je ne vois pas comment nous pourrons survivre! Ne vous débattez plus, mes amis! Plus vos gestes seront brusques, plus vous vous enfoncerez rapidement! Les bêtes sont affolées! Le sable effleure déjà les flancs de la mienne! Les ânes se débattent de toutes leurs forces! En luttant ainsi pour leur survie, ces malheureux précipitent leur mort!

— Nous sommes perdus, soupira Montu en constatant que le sable dissimulait maintenant son nombril.

Horus sursauta et poussa un cri d'exaltation. Lorsqu'il se leva de son trône, il passa bien près de laisser tomber sa série de plaquettes. Il veilla tout de même à les disposer correctement sur son siège afin de ne pas révéler ses symboles à Seth. Le tueur de la lumière ne broncha pas en voyant le dieu-faucon se précipiter vers la tribune de la maîtresse du jeu. Horus s'immobilisa devant Maât et exhiba d'emblée la plaquette sur laquelle il avait arrêté son choix. D'une voix tremblante d'anxiété, il annonça:

— Je ferai usage du symbole représentant la pierre, noble Maât. Je veux que les Dunes sanglantes soient transformées en pierre!

Les doigts pâles de la déesse de la justice et de la vérité se refermèrent sur la plaquette que lui tendait le fils d'Osiris. Maât semblait trouver étrange la requête du dieu. Néanmoins, elle lui donna son consentement:

— Puisque telle est ta volonté, Horus, les sables du territoire de Seth seront changés en pierre!

Plongé jusqu'au torse dans le sable rouge, le sauveur de l'Empire assistait avec horreur à la fin inévitable et imminente de son âne. Seule la tête de la pauvre bête demeurait à l'air libre. L'animal n'avait plus la force de lutter. Son souffle était saccadé et son museau pointait le ciel. L'enfant-lion leva les yeux vers le faucon qui planait au-dessus du groupe. Il enviait la liberté de l'oiseau. Hélas, leur infatigable guide ne pouvait rien faire pour les aider! Dans peu de temps, il survolerait vraisemblablement une tombe.

Leonis émit une plainte rauque lorsqu'une désagréable pression s'opéra sur la partie enlisée de son corps. Ahuri, il eut la sensation que le terrain sableux se refermait sur lui pour l'écraser. Montu et Menna poussèrent quelques exclamations d'affolement. Les ânes ajoutèrent à la clameur en lançant des cris anormalement aigus. La panique s'empara des aventuriers. Ils eurent la certitude que le sable se solidifiait pour les broyer comme des figues. Leur frayeur dura un long moment. Leurs poings s'écorchaient en heurtant le sol pétrifié. Finalement, ils constatèrent que cet angoissant phénomène n'avait pas pour but de causer leur mort immédiate. Les dunes s'étaient changées en pierre. Et cette pierre, telles les bandelettes d'une momie, moulait leurs formes à la perfection. Ce cocon rocheux se révélait très inconfortable. Il gainait leur chair, et la pression qu'il exerçait était légèrement douloureuse. Le corps ainsi comprimé, l'enfant-lion avait dû renoncer à gonfler sa poitrine. Il pouvait toujours respirer, mais il ne pouvait absorber que de petites quantités d'air à la fois. Près de lui, l'âne râlait. Son souffle était encore plus rapide que précédemment. Leonis devina que la bête était sur le point d'étouffer. Le fait d'être captive la tourmentait davantage que la sensation de sombrer dans les sables mouvants.

— Qu'est-ce qui nous arrive, maintenant, les gars? fit Montu dans un bêlement. Nous

sommes prisonniers de la pierre… J'étouffe…
Je… je ne peux même pas remuer le gros
orteil…

— Les dunes se sont changées en pierre!
cria Menna. Nos corps sont moulés dans cette
pierre comme… comme des insectes moulés
dans de la cire! Il sera impossible de nous
dégager, mes amis… Si Horus ne vient pas à
notre secours, il ne nous restera plus qu'à nous
préparer à rejoindre le royaume des Morts!

— Si Horus doit intervenir, déclara Leonis,
j'espère qu'il agira vite, car, si les choses
demeurent ainsi, mon âne va bientôt mourir.

Bien entendu, puisque le symbole de la
pierre avait été joué par le dieu-faucon, ce
dernier ne pouvait plus venir en aide au
sauveur de l'Empire. Tandis que le deuxième
vase se vidait sur le sol de la tribune de Maât,
l'âne de Leonis rendit son dernier souffle. Les
bêtes de Menna et de Montu avaient eu la
chance d'avoir les poumons pleins à l'instant
où le sable s'était changé en pierre. Leurs flancs
étaient gonflés lorsque la gaine rocheuse s'était
subitement formée. Depuis, même s'ils
haletaient, les animaux disposaient de
suffisamment d'espace pour respirer librement.
L'âne de Leonis avait eu le malheur d'expulser
son air au mauvais moment. La pierre avait
épousé son corps tandis que ses poumons

étaient vides. En raison de son état d'essouf-
flement, les trop courtes respirations que lui
permettait son étroite prison n'avaient pas suffi
à combler son besoin d'oxygène. La panique
avait encore accentué ce cruel manque. L'animal
avait fini par suffoquer.

L'enfant-lion était triste pour la malheureuse bête. Néanmoins, il songea que c'était sans
doute mieux ainsi. Sa mort était simplement
venue plus rapidement que la leur. Leonis,
Montu et Menna avaient désormais la conviction
de périr emprisonnés dans la pierre. Ils étaient
complètement affligés à l'instant où, après une
interminable période, le sort lancé par Horus
perdit son effet. Quand la pierre se mua
soudainement en sable, aucun cri d'allégresse
ne fusa de leur gorge. Ils étaient trop épuisés et
trop stupéfaits.

14

LA LANGUEUR
DES MORTELS

Les aventuriers avaient bien peu avancé cette journée-là. Menna avait été le premier à s'extraire du sol. Le sable n'était plus mouvant. Il était relativement compact, mais les trois amis pouvaient aisément l'expulser avec leurs mains. Après être parvenu à se dégager, Menna avait aidé les autres à faire de même. Ensuite, les trois compagnons avaient uni leurs forces pour libérer les ânes. Cette tâche avait été très ardue. Avant de reprendre la route, ils avaient dû se reposer quelques heures. En sortant les bêtes de leur fâcheuse posture, ils avaient constaté que les paniers qu'elles portaient avaient été écrasés et lacérés par la pression de la pierre. L'équipement qui se trouvait à l'intérieur demeurait cependant intact. Deux de leurs outres en cuir de bélier avaient éclaté.

Leur réserve d'eau venait de diminuer de moitié. En buvant avec parcimonie, ils pourraient durer cinq ou six jours encore. Leonis avait pris les objets qu'avait transportés son âne. La maigre charge avait été déposée dans les paniers sommairement réparés des deux bêtes qui restaient. Ensuite, ils avaient complètement inhumé le cadavre du pauvre animal. Les jeunes gens venaient de perdre un membre de leur expédition. Il ne s'agissait peut-être que d'un âne, mais sa mort les touchait beaucoup. Après leur mésaventure, le sauveur de l'Empire et ses amis n'avaient échangé que de brèves paroles. Chacun d'eux était plongé dans de pénibles réflexions. Face aux phénomènes dont ils avaient été victimes depuis leur entrée sur le territoire de Seth, ils se sentaient tous bien petits.

Assis au sein d'un décor ressemblant en tous points à celui de la veille, Leonis, Montu et Menna se préparaient à amorcer leur seconde nuit dans les meurtrières Dunes sanglantes. Leurs regards semblaient éteints. Leurs mains tremblaient. Ils mangeaient sans appétit. Ils avaient l'air hagard et leur dos se courbait comme sous le poids de quelque lourd fardeau. Leonis observa ses compagnons. Il passa une main nerveuse dans ses cheveux secs et se racla la gorge avant de dire :

— Je suis désolé, mes amis. Je… je n'aurais pas dû vous entraîner dans cette… folie. Je regrette de vous avoir informés de mon départ. Vous seriez à Memphis, ce soir, au lieu de…

— Il n'y a rien à regretter, Leonis, répondit Menna avec brusquerie. Nous sommes ici. Nous ne sommes pas à Memphis. Il était de mon devoir de t'accompagner. Cesse donc de nous répéter que tu es désolé. Tu es l'enfant-lion. Je dois te protéger. C'est ma mission. Un commandant ne dit pas qu'il est désolé lorsque ses soldats frôlent la mort.

— Ne te fâche pas, Menna, intervint Montu. Déjà que le dieu du chaos est contre nous, il ne faudrait pas commencer à se chamailler.

— Je ne suis pas ton commandant, Menna, jeta Leonis en ignorant les mots de Montu. Si tu veux jouer les soldats, c'est ton problème. Je croyais que tu t'étais lancé dans cette aventure par amitié pour moi. De ton côté, cesse de dire que tu dois me protéger. N'ai-je pas affronté seul le tombeau de ce fou de Dedephor? Étais-tu à mes côtés lorsque j'ai lutté pour entrer en possession des fragments du talisman des pharaons?

Montu s'interposa de nouveau:

— Hé, Leonis, il ne faudrait pas oublier que Menna t'a déjà sauvé la vie. Nous n'étions peut-être pas là lorsque tu as affronté l'ultime jeu de Dedephor, mais nous aurions tout fait pour t'accompagner. Tu le sais bien, non? Nous sommes des amis, par Hathor!

— Laisse, Montu, dit Menna avec un sourire fielleux. Le sauveur de l'Empire clame qu'il n'a besoin de personne. Pouvons-nous contredire un être aussi grandiose?

Le combattant se leva. D'une voix froide, il annonça:

— Je vais dormir. Vous me réveillerez pour que j'assure le dernier tour de garde.

Menna fit quelques pas pour rejoindre sa couche ménagée dans le sable. Il s'enveloppa dans sa couverture et ne dit plus rien. Montu regarda Leonis d'un air déconcerté. L'enfant-lion murmura:

— Tu peux y aller aussi, mon vieux Montu. J'ai besoin de rester seul.

Montu ouvrit la bouche pour répliquer. Il se ravisa, se mit debout et asséna un furieux coup de talon sur le sable rouge. Il fit deux ou trois enjambées avant de lever les bras au ciel pour s'exclamer:

— Ces dunes finiront par nous rendre fous!

Le duel en était à son troisième jour. Assise depuis des heures dans une immobilité de statue, la déesse-chat gardait les yeux rivés sur la grande sphère de quartz. Seule au milieu de la vaste salle du conseil des dieux, elle épiait les mortels qui avaient repris leur périlleux cheminement. Tailladant de leurs pas incertains la surface lisse des Dunes sanglantes, Leonis et ses compagnons avançaient silencieusement. Leur progression était toujours aussi lente. Leur fatigue était de plus en plus manifeste. Il restait quatre coups pour que s'achève le duel. Les deux premiers coups avaient sapé les énergies et le moral du petit groupe. Même si Horus était arrivé à le contrer, le tueur de la lumière semblait posséder l'avantage de la partie. Quelle serait la nature de la prochaine attaque de Seth? Serait-elle aussi redoutable que les deux premières? Le dieu du chaos avait-il joué ses meilleurs coups? Disposait-il de symboles plus menaçants encore que ceux qu'il avait déjà utilisés? Bastet se doutait bien que le pire restait à venir. Même si elle avait été obligée d'agir ainsi, elle s'en voulait d'avoir soumis son protégé aux affres de ce terrible affrontement. Elle avait d'abord cru que le duel serait à la mesure des hommes. La déesse-chat s'attendait à ce que les règles établies par Maât fussent plus équitables. Seulement, depuis le début du jeu, Seth était grandement favorisé. Même les coups d'Horus contribuaient aux tourments des mortels.

La divinité de la justice et de la vérité se matérialisa à quelques pas de Bastet. En remarquant le trouble qui se lisait sur les traits de la déesse-chat, Maât lui demanda :

— Tu es inquiète, ma sœur ?

— Bien sûr que je suis inquiète, Maât. Comment pourrait-il en être autrement ? Le sauveur de l'Empire et ses braves amis ne sont plus l'ombre de ce qu'ils étaient avant de pénétrer dans ce funeste territoire. Leur groupe ressemble à un cortège de mourants. Ils n'ont pas la moindre chance d'atteindre l'oasis. La partie est perdue d'avance. J'ai été stupide de penser à cet affrontement. À quoi sert-il de tourmenter l'enfant-lion alors que le sort de l'empire d'Égypte est déjà joué ? Les douze joyaux ne seront jamais réunis. La sorcière d'Horus restera prisonnière. Seth peut déjà se préparer à occuper le trône du royaume des Dieux.

— Que puis-je te dire, Bastet ? Ce duel se joue dans les règles.

— Jusqu'à présent, tes règles favorisent nettement Seth.

— Mes règles sont justes, Bastet. Horus a pu profiter d'un bouclier pour annuler les effets de la première offensive de son adversaire. Ensuite, n'a-t-il pas déjoué l'engloutissement en utilisant la pierre ? Je t'accorde que les mortels sont grandement affligés. Ils sont soumis à des phénomènes qui dépassent leur entendement. La force des dieux les impressionne et ils ont très peur. Toutefois, tu ne pouvais t'attendre à autre chose, ma sœur. Les Dunes sanglantes appartiennent à Seth. Il s'agit d'un domaine divin. Je ne pouvais demander au tueur de la lumière de renoncer à sa puissance. Je pouvais seulement établir des règles qui l'empêcheraient d'agir selon sa volonté. Je n'estime pas que Seth soit favorisé. C'est avec équité que les symboles qui ornent les plaquettes d'ivoire et d'ébène ont été créés. Les rivaux les ont choisies au hasard. Le hasard est sourd et aveugle. Qui plus est, les souffrances et les peurs des mortels ne me concernent pas. Il appartient à Horus d'apaiser les tourments des hommes. Si le fils d'Osiris ne possède pas les symboles pour y parvenir, je n'y peux rien. Horus avait le privilège d'amorcer le jeu. Il a cédé le premier coup à son rival. Je dois avouer qu'il m'a étonnée en utilisant la pierre pour empêcher l'engloutissement. Ce coup a sauvé la vie de Leonis et de ses compagnons, mais le fait de se retrouver captifs de la pierre n'avait assurément rien de très rassurant pour eux.

— Horus ne pouvait probablement pas utiliser un autre symbole. Il sait bien que, si l'épuisement et la terreur les accablent, les mortels ne pourront guère gagner l'oasis. En jouant la pierre, il se rendait sans doute compte des conséquences que pouvait avoir une telle riposte. À mon avis, s'il a risqué un coup semblable, c'est qu'il ne pouvait répliquer autrement à l'offensive de Seth... Cette constatation me trouble, Maât. Je suis certaine que la série de symboles du dieu-faucon est médiocre...

— Si c'est le cas, conclut Maât, c'est le hasard qui en aura décidé ainsi.

La déesse de la justice marcha vers son trône. Les yeux de Bastet se posèrent de nouveau sur le globe translucide. Elle ne se retourna pas lorsque Seth fit son apparition dans la salle. Horus se matérialisa peu de temps après son rival. Les dieux s'installèrent sur leurs sièges respectifs. Le premier à briser le silence fut Seth. Sur un ton railleur, il demanda à Horus:

— Combien d'ânes vas-tu tuer aujourd'hui, mon neveu? À moins que, cette fois, ta grande maladresse ne se retourne contre l'un de ces misérables humains...

Le fils d'Osiris ébaucha un sourire désinvolte et rétorqua:

— Je tiens à te faire remarquer que tes deux premières attaques ont donné peu de résultats, Seth. Les mortels marchent toujours vers l'oasis et il ne reste que quatre coups à jouer.

— C'est vrai, Horus. Ils marchent toujours. Mais ils sont apeurés comme des oryx harcelés par des guépards. Ils sont affaiblis et découragés. Ils sont comme la flamme vacillante : il ne suffirait que d'un léger souffle pour les anéantir.

— Nous verrons bien, Seth, dit le dieu-faucon sans se laisser démonter par la répartie.

L'heure du jeu arriva. Maât libéra le bouchon du troisième des six vases avant de retourner s'asseoir. Elle ajusta d'un geste lent la plume d'autruche qui ornait sa chevelure argentée. Après avoir lancé un coup d'œil à Bastet, elle déclara :

— Le moment est venu de jouer ton troisième coup, Seth. Es-tu prêt à m'informer de ta décision ?

— Oui, divine Maât, répondit le tueur de la lumière.

Seth s'avança vers la maîtresse du jeu et lui montra le symbole qu'il avait sélectionné. D'une voix mièvre, il dit :

— Ce symbole est celui de la sentinelle, vénérable Maât. Il y a trois types de sentinelles sur mon territoire. J'imagine que ce symbole les représente…

Maât acquiesça silencieusement. Seth poursuivit :

— J'ai créé le scorpion-sentinelle, la scolopendre-sentinelle, et l'araignée-sentinelle. Ces créatures sont toutes aussi monstrueuses les unes que les autres, mais mon choix s'arrête sur le scorpion. Je veux que l'un des énormes scorpions qui patrouillent habituellement dans les Dunes sanglantes soit libéré de l'inaction que lui impose ce jeu pour venir accomplir sa tâche.

En entendant ces paroles, Bastet tressaillit et ferma les paupières. La requête de Seth allait bien au-delà de ses pires appréhensions. Comme toutes les divinités, la déesse-chat connaissait bien les terribles sentinelles du tueur d'Osiris. En possession de tous leurs moyens, les aventuriers n'auraient pu espérer triompher d'un seul de ces monstres. Comment survivraient-ils dans l'état où ils se trouvaient désormais ? Bastet souhaitait de tout son divin être que Maât n'approuvât pas le choix de Seth. Son désarroi fut immense lorsque la maîtresse du jeu annonça :

— Il en ira selon ton désir, Seth !

15

MONSTRUEUSE APPARITION

Après les mots acerbes qu'ils avaient prononcés la veille, Leonis et Menna n'avaient échangé que quelques brèves paroles empreintes de froideur. Montu trouvait leur attitude ridicule. Au milieu du tumulte qu'ils traversaient, il était important de rester solidaire. L'enfant-lion menait le groupe et Menna fermait la marche. Depuis de longues heures, Montu se retrouvait coincé entre ses deux maussades compagnons. Il n'avait pas tenté de les réconcilier. Menna et Leonis étaient visiblement à bout de nerfs. Leur visage morose demeurait fermé à toute conversation. Les aventuriers avançaient donc dans un lourd silence ponctué par les soupirs enroués des bêtes. Ce jour-là, les jeunes gens avaient dû s'arrêter fréquemment pour reprendre leur souffle. Leurs forces s'amenuisaient. L'oasis de la prisonnière n'était toujours pas visible. Le rouge obsédant qui baignait ce désert leur montait à la tête. Le faucon volait inlassablement vers cet îlot de vie qu'ils désespéraient d'apercevoir.

Réfugié dans son mutisme, Leonis était bourrelé de remords. Il s'en voulait pour les paroles irréfléchies qu'il avait adressées à Menna. Néanmoins, même si ses mots avaient outrepassé sa pensée, il considérait qu'il avait eu raison de se fâcher. L'enfant-lion avait simplement voulu s'excuser d'avoir entraîné ses compagnons dans cette effroyable aventure. L'animosité du combattant l'avait blessé. Pour le moment, il n'avait guère envie de demander pardon à Menna. Il craignait que le soldat ne s'emportât une nouvelle fois.

De son côté, Menna broyait du noir. Il regrettait d'avoir parlé aussi brutalement à son ami. Leonis n'avait pas mérité de se faire répondre avec rudesse. Le combattant n'avait cependant pas pu contenir la hargne qui bouillait en lui. Menna était frustré. Il se sentait inutile. Le soldat avait toujours eu confiance en ses moyens. Il était l'un des plus redoutables archers des Deux-Terres. Son javelot pouvait fendre une outre se trouvant à cent coudées de lui. Au corps à corps, il n'avait jamais perdu un combat. D'un seul coup d'œil, Menna pouvait déterminer les faiblesses de n'importe quel adversaire. Toutefois, devant les phénomènes qui se produisaient sur le territoire de Seth, ses étonnantes capacités semblaient risibles.

Leonis et ses compagnons marchaient maintenant au centre d'un large couloir qui traçait un chemin plat au cœur du lit mouvementé des dunes. Sur ce terrain, la progression se révélait moins ardue. Les ânes n'avaient plus à se démener pour gravir de difficiles pentes. En dépit de ce fait, la fatigue qui accablait les membres du petit groupe les empêchait d'accélérer le pas. Leonis leva les yeux pour observer le soleil. L'astre du jour avait atteint son point culminant. L'enfant-lion fut pris de vertige. Le ciel se mit à tourner. Il tenta de s'appuyer sur son bâton, mais sa main glissa sur la canne de caroubier. L'adolescent s'effondra. Menna fut le premier à se pencher sur lui. D'une voix rauque, il demanda :

— Ça va, Leonis ? As-tu besoin de boire ?

Le sauveur de l'Empire se frotta les yeux avec vigueur. Son étourdissement avait été passager. En affichant un sourire indolent, il murmura :

— J'ai seulement perdu l'équilibre, Menna. Je crois que je vais bien.

— Nous devons nous reposer un peu, suggéra le soldat. Nous sommes à bout de forces.

— En effet, dit Montu, nous sommes épuisés. Et nous ne voyons toujours pas l'oasis. J'ai envie de me coucher sur le sable pour dormir pendant des jours. Je sais bien que je ne me réveillerais jamais. Le soleil cuirait ma peau et elle deviendrait aussi raide que la semelle d'une sandale.

Menna s'assit lourdement sur le sol brûlant. Il ferma les paupières et se massa le front. Leonis et le soldat étaient côte à côte. Ils n'ajoutèrent rien, mais Montu constata avec plaisir qu'ils avaient oublié leur rancœur. Le garçon passa une main dans ses cheveux aux reflets roux. Il scruta ensuite le paysage et sursauta. À bonne distance de l'endroit où ils se trouvaient, une forme sombre s'élevait entre deux dunes. De prime abord, Montu fut convaincu qu'il s'agissait d'un palmier. En songeant qu'il venait de découvrir l'oasis de la prisonnière, il passa bien près de manifester sa joie. Puis, là-bas, l'arbre remua. Montu se frotta les yeux. Son allégresse se transforma en incompréhension. L'oasis bougeait ! Quand le scorpion géant arriva au sommet d'un monticule, l'adolescent put apercevoir sa monstrueuse silhouette. Ce qu'il avait pris pour le tronc d'un palmier était en fait sa queue. Cette vision était à ce point inconcevable qu'il ne put l'admettre d'emblée. La cauchemardesque apparition brandit ses pinces. Un frisson d'épouvante tira Montu de son saisissement. Il tenta de crier, mais aucun son ne sortit de sa bouche. Il se mit à sautiller de manière hystérique en pointant la créature du doigt. Leonis leva un regard intrigué sur son ami. En tournant les yeux dans la direction que ce dernier indiquait, il aperçut à son tour la terrible sentinelle du dieu du chaos. La carapace cuivrée du monstre luisait comme un joyau dans la lumière rutilante des Dunes sanglantes. Leonis sentit ses cheveux se dresser sur sa tête. En faisant maintes tentatives pour se mettre debout sur le sol mou, il s'égosilla :

— C'est incroyable ! Une telle chose ne peut exister !

Menna avait également aperçu l'immense scorpion qui fonçait sur eux. Ce dernier était encore loin, mais ses pattes se mouvaient rapidement. Elles percutaient le sol en soulevant des gerbes de sable. La créature avait la grosseur d'une grande barque. Sa queue dressée avait la hauteur de cinq hommes. Un aiguillon incurvé et long comme une lance jaillissait de son impressionnante vésicule à venin. Le soldat courut vers son âne pour saisir son arc et son carquois. Il prit également un javelot avant de s'écrier :

— Il faut fuir, les gars ! Ne vous occupez pas des bêtes ! Foncez droit devant vous et ne vous retournez pas ! Je fuirai aussi ! Nous ne pouvons combattre un tel monstre !

La sentinelle s'était beaucoup rapprochée. Les aventuriers pouvaient désormais entendre les bruits provoqués par sa course. Le sable chuintait sous ses huit puissantes pattes. Son corps cuirassé produisait des claquements de pierres entrechoquées. Les ânes remarquèrent le monstre. En se lamentant, ils se sauvèrent. Les aventuriers ne pouvaient certes pas courir sur un tel sol. Tandis qu'ils cherchaient à fuir en faisant des bonds malhabiles, le scorpion filait comme un poisson dans l'eau. Menna avait glissé une flèche sur la corde de son arc. Il se retourna. La créature avait ignoré les ânes et s'était rapprochée davantage des hommes. Le soldat pointa sa flèche vers le monstre. Il tira et vit son trait ricocher sur son masque terrorisant. Menna reprit sa course désespérée. Pendant la dérisoire manœuvre du combattant, Leonis et Montu avaient à peine progressé.

Dans la salle d'or du conseil des dieux, Horus révéla sa troisième plaquette à la déesse Maât. L'illustration gravée dans l'ivoire représentait l'oiseau Benou[6]. Avec empressement, le fils d'Osiris annonça :

— Je veux que l'Oiseau de feu se manifeste et qu'il attaque la sentinelle de Seth.

Maât s'empara du carreau que brandissait le dieu-faucon. Sans hésiter, elle affirma :

— Le redoutable oiseau Benou affrontera donc le scorpion du tueur de la lumière, Horus !

Montu trébucha et roula sur le sable rouge. Leonis se retourna pour constater avec horreur que son ami se trouvait à la portée du scorpion. Menna s'arrêta. Il propulsa son javelot vers l'un des six yeux de la créature. La lance fendit vigoureusement l'air. Elle se ficha dans le globe noir d'un œil, mais le scorpion n'eut aucune réaction. Montu s'était rapidement relevé. Il avait fait quelques enjambées pour échapper au monstre. La distance qu'il avait parcourue était toutefois insuffisante. Leonis poussa un hurlement lorsque la sentinelle balança l'une de ses immenses pinces dans le but de faucher Montu. La tenaille effleura le bras gauche du malheureux. Celui-ci ressentit une lancinante brûlure et s'effondra une nouvelle fois devant les yeux horrifiés de ses compagnons. Le monstre avait ouvert sa pince

6. BENOU : VOIR LEXIQUE.

droite. Cette fois, Montu ne pourrait lui échapper. Dans un geste insensé, l'enfant-lion se rua vers le scorpion. Il contourna la tenaille meurtrière et se suspendit à la patte qui la supportait. Cette fois, le scorpion géant réagit. Il agita son membre avec impétuosité. Leonis s'envola et franchit une distance considérable avant de mordre violemment la poussière. Le choc l'assomma.

Menna s'apprêtait à lâcher une nouvelle flèche lorsqu'il fut aveuglé par une intense lumière. Un cri grinçant lui vrilla les tympans. Le temps d'un souffle, il fut enveloppé par une vive chaleur. Presque au même instant, il y eut un choc effroyable. Le soldat débanda son arc et se jeta à plat ventre. En levant les yeux, il constata que la tête du scorpion brûlait. Il vit ensuite une boule de feu monter rapidement dans le ciel. Médusé, il crut apercevoir un oiseau dans les flammes. Le scorpion géant ne s'occupait plus de Montu qui s'était redressé pour s'enfuir. Tout en s'éloignant d'un pas chancelant, le garçon s'administrait de furieuses claques sur la tête. Le monstre tournait sur lui-même. Les flammes dévoraient ses chélicères[7]. La boule ardente fondit de nouveau

---

7. CHÉLICÈRES: APPENDICES SITUÉS AU-DESSUS DE LA BOUCHE DU SCORPION. LES CHÉLICÈRES RESSEMBLENT À DE PETITES PINCES ET SERVENT À BROYER LES PROIES POUR LES RENDRE ASSIMILABLES.

sur lui. Il y eut un fracas assourdissant à l'instant où, dans un jaillissement d'étincelles, elle percuta le premier segment de sa queue. La sphère incandescente roula sur le dos de la sentinelle. Cette fois, Menna vit clairement un oiseau dans le feu. Il reconnut un héron qui avait presque la taille d'un homme. L'oiseau était beaucoup plus petit que son rival. Son offensive était cependant très efficace. Perché sur le monstre, il battait des ailes avec frénésie. Son bec heurtait la cuirasse avec une violence inouïe. Le combat se prolongea.

Menna rejoignit Montu pour constater que le bras du garçon saignait abondamment. Ils retrouvèrent Leonis qui revenait à lui. Durant un long moment, ils virent l'Oiseau de feu poursuivre son implacable assaut. Il avait ouvert une brèche sur le dos de la créature. Il s'y engouffra et, le feu dévorant ses entrailles, la sentinelle fut prise de convulsions. Une odeur écœurante saturait l'air. La boule ardente sortit par la tête du scorpion géant. Elle décrivit une spirale dans les airs et revint vers sa victime qui n'était plus qu'une masse grouillante et enflammée. Les pinces du scorpion balayaient l'air et râtelaient le sol avec fureur. Sa queue fouettait le vide dans de prodigieuses impulsions qui soulevaient des nuages de sable. L'oiseau sacré plongea une dernière fois sur la sentinelle de Seth pour se confondre dans le brasier qui la torturait. Un dernier soubresaut fit osciller le dard toujours intact de la terrifiante créature. Une fumée noire assombrissait le ciel.

— Cette fois, Seth a été nettement vaincu, murmura Leonis.

— Horus est intervenu de justesse, commenta Montu. D'où venait cette boule de feu?

— J'ai vu la silhouette d'un héron dans les flammes, expliqua Menna. Nous avons aperçu l'oiseau Benou, mes amis. Je ne parlerai jamais de ce prodige. Les gens penseraient que je suis fou... Il va falloir soigner ta blessure, Montu. Est-ce que tu as mal?

— Mon bras est douloureux, répondit Montu. Mes... mes cheveux ont un peu brûlé quand cette chose a attaqué le scorpion.

— Il faut vite retrouver notre équipement, dit Leonis en jetant un regard inquiet sur la blessure de son ami.

La plaie était large et profonde. Le sang maculait le bras et le flanc gauche de Montu. De ce côté, son pagne était écarlate.

Menna s'était levé. Sa figure exprimait les pires craintes. Il déclara:

— Il faut nettoyer la plaie et la compresser avec un bout de tissu propre. Nos pagnes sont sales. Nos mains aussi. La blessure ne doit pas s'infecter. Je dois trouver mon âne. Attendez-moi, mes amis.

Le jeune homme tourna le dos à ses compagnons pour partir à la recherche des bêtes. En le suivant des yeux, Montu soupira :

— Cet horrible scorpion m'a touché… J'ai… j'ai vraiment failli mourir, Leonis… Tu as vu la taille de ce… monstre ?

Le garçon fit la moue et se mit à pleurer. Leonis l'enlaça en prenant garde de ne pas frôler sa blessure. Montu renifla et bredouilla :

— C'est… c'est injuste, tout ça… Seth a-t-il besoin d'envoyer d'aussi énormes créatures pour nous combattre ? Nous ne sommes que… que des humains… Nous… nous sommes presque des… des enfants…

— Nous allons quitter les Dunes sanglantes, mon vieux Montu, assura Leonis en serrant les dents. Et je te promets que nous serons tous vivants lorsque cet heureux moment arrivera.

16
LA TEMPÊTE

Menna avait rapidement repéré les ânes. Le combattant n'avait eu qu'à suivre les sillons parallèles de leurs empreintes. Les bêtes ne s'étaient pas séparées. Elles s'étaient retrouvées dans une légère dépression creusée par le vent. À l'instant où Menna s'était approché d'elles, elles reprenaient haleine. Le jeune homme avait saisi la corde de son âne pour lui faire gravir la faible pente. L'ânesse rousse de Montu avait suivi son congénère avec docilité. Menna avait ensuite rejoint ses compagnons qui n'avaient pas bougé. La blessure de Montu avait été nettoyée à l'aide d'un morceau de tissu propre et imbibé d'eau. On avait tenté d'extraire tout le sable qui s'était infiltré dans la plaie. Celle-ci saignait encore beaucoup. Le soldat avait pansé le bras du blessé qui, grimaçait de douleur. Leonis et Menna avaient ensuite nourri et abreuvé les bêtes. En utilisant des couvertures, des lances et des bâtons, ils avaient dressé un abri de fortune. La journée était encore jeune, mais ils avaient convenu de s'arrêter jusqu'au lendemain. Montu avait perdu beaucoup de sang. Il fallait qu'il se reposât. En vérité, ils avaient tous besoin de ce répit. L'épisode du scorpion géant les avait exténués. Les compagnons avaient mangé du pain sec et du miel que la chaleur avait rendu presque aussi liquide que de l'eau. Après ce frugal repas, Montu s'était glissé dans l'abri pour dormir. Menna et Leonis avaient revêtu leurs coiffes de lin pour se protéger du soleil. Ils marchaient maintenant vers la carcasse du scorpion qui brûlait toujours. Ils demeurèrent loin du cadavre et l'examinèrent avec une répulsion mêlée de crainte.

— J'espère qu'il était le seul de sa race, dit Leonis.

— Ses pinces auraient pu décapiter un bœuf, soupira Menna.

— Tu crois que Montu ira bien?

— Comment savoir, Leonis? Si la plaie ne s'infecte pas, il se remettra rapidement. Nous sommes au cœur du désert. Je ne peux rien affirmer. Si nous étions à proximité des hommes, cette blessure serait sans conséquence. Ici, elle pourrait bien lui être fatale. En outre, nous ne savons pas quelles horreurs nous attendent encore sur ce cruel territoire.

— Si, au moins, nous pouvions atteindre l'oasis, jeta Leonis. Le repos que nous prenons est nécessaire, mais il ne nous permet pas de nous rapprocher de notre objectif. Il faut souhaiter que ce répit nous donne l'occasion de récupérer nos forces. J'espère que, durant ce temps, les scorpions du coin resteront tranquilles.

— Je crois que nous aurons la paix jusqu'à demain, Leonis. J'ai remarqué que, jusqu'à présent, les affreux événements que nous avons vécus s'étaient produits au moment où le soleil était haut dans le ciel.

— C'est pourtant vrai, Menna! s'exclama l'enfant-lion. Pourquoi n'y avons-nous pas songé avant?

— Nous ne sommes pas vraiment en état de réfléchir, mon ami. Nous ressemblons à des antilopes traquées. La peur est dans nos cœurs et nous ne pensons qu'à survivre. Hier, nous nous sommes bêtement disputés, toi et moi. Tu es l'être que j'admire le plus, Leonis. Je sais que tu as aussi un immense respect pour moi. Seulement, cette expédition est très exigeante. Un homme peut bien être courageux, volontaire et vigoureux; il reste tout de même un homme.

— Tu as raison, Menna. Nous nous sommes comportés comme des gamins. Je regrette ce que j'ai dit.

— N'en parlons plus, Leonis. Allons retrouver Montu. Ce scorpion dégage une odeur abominable.

Les deux amis retournèrent vers le modeste campement. Ce bref dialogue les avait réconfortés. Le sauveur de l'Empire chercha le faucon des yeux. L'oiseau dessinait toujours de larges boucles dans le ciel cramoisi des Dunes sanglantes. Il n'interrompit son vol que pour disparaître, des heures plus tard, dans le demi-jour violacé du couchant.

La veille, après avoir assisté à la destruction de sa redoutable sentinelle, Seth avait poussé une exclamation de rage. Avant de se volatiliser, il avait foudroyé Horus d'un regard chargé d'agressivité. Le dieu-faucon n'avait pas célébré son triomphe. Les illustrations qu'il possédait toujours semblaient dérisoires. En utilisant l'oiseau Benou, il avait joué le dernier symbole pouvant receler une certaine puissance. Pour défendre les mortels, le fils d'Osiris ne disposait plus que de cinq gravures illustrant les fourmis, la chaleur, l'antidote, la vérité et la bravoure. Si le tueur de la lumière utilisait une autre de ses terribles créatures, les hommes devraient vraisemblablement se défendre seuls. Il ne restait que trois coups à jouer. Jusqu'à présent, le dieu-faucon avait su contrer les offensives de son oncle. Seulement, rien n'était encore gagné. Dans ce duel, Seth ne serait vraiment battu qu'au sixième et décisif coup. Horus, lui, pouvait perdre à chaque tour.

Lorsqu'elle se matérialisa dans la grande salle du conseil des dieux, Bastet constata que le fils d'Osiris s'y trouvait déjà. Horus était seul. Il contemplait le grand globe de quartz d'un air songeur. La déesse-chat s'approcha et le dieu-faucon tourna la tête dans sa direction. Il l'accueillit avec un sourire, mais son visage semblait inquiet. En pointant la sphère du menton, il déclara :

— Les mortels n'ont pas bougé depuis l'attaque de la sentinelle. Le quatrième coup sera joué dans moins de deux heures et rien n'indique qu'ils se mettront bientôt en route.

— Ils avaient grandement besoin de se reposer, observa Bastet. De plus, l'un d'eux a été blessé par le scorpion.

— En effet, dit Horus. Maintenant, la fièvre commence à tourmenter ce garçon. Le mal est dans sa plaie. J'aurais préféré que le sauveur de l'Empire pénètre seul dans le territoire de Seth. Ainsi, ton protégé n'aurait eu à se préoccuper que de sa propre vie. La blessure de ce Montu ralentira le groupe. Les mortels devaient atteindre l'oasis en six jours.

Ils ont perdu une journée en s'arrêtant. L'affrontement ne sera certainement pas prolongé d'un coup. Maât ne pourra en changer les règles. Ainsi, lorsque le jeu se terminera, les hommes seront encore à une journée de route de leur but. À l'instant où le dernier grain de sable tombera du sixième vase, je ne pourrai plus répliquer. Seth reprendra aussitôt l'entière possession des Dunes sanglantes. Les mortels seront alors livrés à eux-mêmes. Crois-tu vraiment qu'ils survivront lorsque le tueur de la lumière libérera les milliers de créatures qui peuplent habituellement ses dunes? Les hommes n'auraient même pas pu échapper au scorpion que l'oiseau Benou a terrassé. Même si je remporte ce duel, Leonis ne pourra jamais libérer la prisonnière.

— Ne disposes-tu pas d'un symbole qui pourrait accélérer leur progression?

— Je ne possède rien de semblable dans mon jeu. Le hasard ne m'a guère favorisé… Je me demande même si je pourrai tenir jusqu'au dernier tour.

La déesse-chat ne dit rien. Horus venait de lui révéler que son jeu était insuffisant. Il ne lui restait qu'à espérer que les dernières plaquettes de Seth fussent tout aussi médiocres. Par le truchement du globe translucide, elle apercevait Leonis, Montu et Menna qui demeuraient assis sur le sable rouge. Ils observaient le paysage des Dunes sanglantes et ne parlaient pas. On eût dit qu'ils attendaient quelque chose. En pensée, Bastet formula le désir de voir le ciel. La sphère lui exposa aussitôt le firmament rouge du domaine de Seth. La déesse aperçut le faucon qui planait patiemment en attendant les hommes. Puisque leur guide était là, Leonis et ses compagnons pouvaient se remettre en route. Que faisaient-ils donc? Avaient-ils renoncé à leur mission? Bien sûr, les aventuriers ne pouvaient savoir que l'oasis de la prisonnière se situait à trois jours du lieu où ils se trouvaient. Ils n'étaient guère au courant que ce long repos causerait leur perte. Bastet remua la tête de gauche à droite. Avec déception, elle murmura:

— C'est dommage, brave Leonis. Cette fois-ci, tout me porte à croire que c'est la fin.

Le duel allait bientôt recommencer lorsque Seth se révéla dans la grande salle. Il gagna son trône sans accorder le moindre regard aux autres divinités. Il s'assit, observa ses plaquettes et leva les yeux sur la sphère de quartz. Il sursauta légèrement en constatant que les mortels étaient installés au même endroit que la veille. Il réfléchit un peu et son visage s'illumina. Il venait de comprendre ce que Bastet et Horus avaient compris: le sauveur de l'Empire et ses compagnons étaient condamnés. Ils avaient perdu trop de temps et ils ne pourraient jamais rejoindre l'oasis avant la fin du duel. La maîtresse du jeu était assise sur son siège. Sans se lever, le tueur de la lumière lui lança:

— Puis-je te poser une question, glorieuse Maât?

— Qu'y a-t-il, Seth?

— L'affrontement sera terminé lorsque le sixième vase sera vide, n'est-ce pas?

— Cela fait partie de mes règles, répondit Maât.

— Donc, continua Seth, si les mortels foulent toujours mon territoire lorsque le jeu prendra fin, je serai libre de les anéantir…

— Tu auras effectivement cette liberté, Seth, confirma la déesse. Je vous en ai d'ailleurs déjà informés. À l'instant présent, les mortels se reposent au lieu d'avancer. Leur épuisement est une conséquence des coups que tu as joués. La distance entre l'entrée de ton territoire et l'oasis n'a certes pas changé depuis le début de cet affrontement. C'est la force des hommes qui a diminué. Il appartient à Horus de rétablir les choses. S'il tient à ce que le sauveur de l'Empire rencontre sa sorcière, il devra veiller à ce que Leonis parvienne à l'oasis avant la fin du jeu.

Seth hocha la tête avec satisfaction. Il toisa Horus qui fit de son mieux pour dissimuler sa contrariété. Dans la grosse sphère, les divinités virent les mortels charger leurs ânes. Elles songèrent avec raison que Leonis, Montu et Menna étaient sur le point de reprendre leur avancée. Lorsque Bastet les vit s'installer à l'ombre de la carcasse brûlée du scorpion géant, elle ne put retenir un soupir de dépit. Horus eut alors envie d'abandonner la partie. Que pouvait-il faire si ces malheureux se condamnaient eux-mêmes ? Les humains étaient toujours au même endroit lorsque la maîtresse du jeu libéra le bouchon du quatrième vase. Seth vint lentement la rejoindre. Sa plaquette montrait le symbole du vent. Avec une attitude posée, le tueur de la lumière déclara :

— J'utiliserai le symbole du vent, révérée Maât. Je suis la divinité des tempêtes. Puis-je donc espérer créer une tempête qui soit digne de ma puissance ? Je veux qu'un vent impétueux balaye les Dunes sanglantes.

Une nouvelle fois, Maât approuva la demande du dieu du chaos.

Les flammes qui consumaient les restes du scorpion s'étaient éteintes dans le courant de la nuit. Très tôt, ce matin-là, Leonis était retourné examiner la carcasse. Les pattes, bien que noircies, n'avaient pas été trop endommagées. Elles étaient repliées contre le corps de la créature. Pour la première fois, l'adolescent avait remarqué les robustes griffes ornant le bout de chacun des huit membres. Il ne restait de la queue que quatre segments intacts. Elle s'était rompue à sa base pour s'écraser au sol. Des perles de venin faisaient luire le long aiguillon arqué de la sentinelle. Ses énormes pinces s'étaient détachées de son corps. Elles gisaient sur le sable et n'avaient subi aucune détérioration. Leonis s'était approché de l'une des extraordinaires tenailles dont la partie mobile était demeurée ouverte. En frissonnant, l'enfant-lion avait considéré cette arme aux tranchants formidables. Menna avait affirmé que les pinces de la créature auraient pu décapiter un bœuf. Cette image n'était guère exagérée. Elle était même en deçà de la vérité. Avec de tels outils, le scorpion aurait facilement pu broyer le tronc d'un gros arbre. Le corps du monstre ressemblait désormais à celui d'un scarabée. L'énorme cuirasse était couverte de suie, mais, en la heurtant du poing, Leonis avait constaté qu'elle était encore solide comme la pierre. Le feu n'était parvenu à la percer qu'à quelques endroits. Un trou béant s'ouvrait à l'emplacement où s'était trouvée la tête du scorpion. Cette cavité se situait au niveau du sol. En inclinant légèrement le torse, un homme pouvait pénétrer dans la carcasse de la créature. Leonis avait fouillé du regard l'intérieur de cette imposante armure. La chair avait été complètement calcinée par le brasier. On eût dit une petite grotte. Quelques fentes laissaient pénétrer des rayons de lumière. La brèche qu'avait pratiquée l'oiseau pour s'introduire dans le corps était large. Une huile malodorante recouvrait le fond de la carapace. Le sauveur de l'Empire avait songé qu'aucune arme conçue par l'homme n'eût pu venir à bout d'une pareille protection. Cette réflexion l'avait fait sursauter. L'ébauche d'un plan venait de germer dans son esprit.

L'idée qu'avait eue l'enfant-lion était simple. Si le tueur de la lumière décidait de leur envoyer une autre monstrueuse créature, les compagnons iraient rapidement se réfugier dans le corps du scorpion mort. Les ânes pouvaient aisément y entrer. Étant donné qu'ils craignaient d'être épiés par les dieux, Leonis, Montu et Menna avaient établi leur plan de défense en chuchotant. Le jour était encore peu avancé lorsque Menna s'était glissé dans la carcasse dans le but d'installer une série de cordes. Ces liens serviraient à attacher solidement les ânes. Ainsi, si leur forteresse improvisée subissait l'attaque d'un autre scorpion géant, les bêtes, malgré la terreur qu'elles éprouveraient dans une telle situation, ne pourraient s'échapper. Menna avait besogné avec acharnement. À l'aide de son long poignard de bronze, il avait réussi à percer de nombreux trous dans l'épaisse cuirasse du scorpion. Chaque âne serait immobilisé par deux grosses cordes : l'une autour du ventre et l'autre ceinturant l'encolure. De cette manière, si un monstre s'acharnait sur l'abri, les bêtes, arrimées de la sorte, ne pourraient se blesser en tombant. Sur la surface ventrale de l'abdomen de la créature, il y avait deux rangées d'étroites fentes. Menna avait également passé des cordes dans ces ouvertures naturelles. En cas de violentes secousses, les jeunes gens pourraient s'accrocher à ces liens.

Ces préparatifs avaient échappé à l'attention des divinités. Tout était achevé lorsque le dieu-faucon avait jeté un coup d'œil à la sphère de quartz. Pour Maât, Horus et Bastet, ce globe était le seul moyen de voir ce qui se passait sur le territoire de Seth. Malgré le lien qui l'unissait à l'enfant-lion, la déesse-chat ne pouvait pas connaître ses pensées. Le tueur de la lumière, lui, pouvait visiter son domaine à tout moment.

Ce matin-là, il était cependant trop occupé à préparer son attaque pour se soucier des misérables mortels. Les hommes n'étaient que des proies sans trop d'intelligence. Ils ne pourraient assurément pas influencer ce duel entre dieux. Seth se trompait.

Lorsque le soleil atteignit son zénith, Leonis, Montu et Menna étaient installés dans l'ombre étroite de la sentinelle vaincue. En observant le paysage, ils attendaient la prochaine attaque de Seth. En dépit de la chaleur accablante, Montu frissonnait. Sa plaie ne saignait presque plus, mais ses contours étaient enflés. La blessure était infectée. Les jeunes gens savaient ce que cela signifiait. Puisque le prochain assaut serait vraisemblablement livré au milieu du jour, ils avaient jugé qu'il valait mieux patienter. Si les choses se déroulaient comme prévu, les aventuriers attendraient la réplique d'Horus. En supposant que cette riposte se révélât aussi efficace que la précédente, ils se hâteraient, une fois le danger écarté, de reprendre la route. Ils marcheraient alors sans s'arrêter. Ils progresseraient même dans les ténèbres. Ils avaient espoir de trouver l'oasis avant l'assaut du lendemain. Maintenant qu'ils étaient reposés, Leonis et Menna avaient l'intention de foncer droit devant eux sans s'accorder de répit. Il fallait sauver Montu.

Les ânes se mirent à piaffer. Menna fut le premier à apercevoir la muraille de sable qui s'érigeait à l'est des Dunes sanglantes. Elle était apparue soudainement. Après avoir signalé le phénomène à ses compagnons, le soldat se leva. Les autres l'imitèrent. Ils comprirent au même instant ce qui se produisait. D'une voix blanche, Montu lança :

— C'est une tempête de sable, les gars. Seth nous envoie une tempête de sable.

— Il faut vite se mettre à l'abri ! rugit Leonis. Il est temps d'attacher les ânes, Menna !

L'enfant-lion et le combattant s'activèrent. Malgré leur grande nervosité, les bêtes furent promptement arrimées aux parois intérieures de la carcasse. Dehors, un sifflement menaçant se faisait entendre. Leonis et Menna rejoignirent Montu, déjà assis dans le liquide huileux et nauséabond qui mouillait le sol. Les jeunes gens tenaient fermement leurs cordes en attendant le choc de la tempête. Pour dominer le bruit qui devenait de plus en plus fort, Menna cria :

— Tu as sans doute été inspiré par Horus, Leonis ! Si nous étions restés dehors, le vent et le sable nous auraient arraché la peau ! Nous attendions un second scorpion, mais c'est…

Le combattant se mordit la langue. La tempête venait de les frapper de plein fouet. La secousse fut épouvantable. La carcasse du scorpion commença à vibrer avec force. Les aventuriers virent un voile rouge masquer le trou par lequel ils étaient entrés. Leur abri résista un moment ; puis, dans un essor brutal qui leur remua l'estomac, la carcasse quitta le sol pour entreprendre un éprouvant et vertigineux voyage.

17

LE SCORPION
VOLANT

Les divinités avaient assisté avec intérêt à la manœuvre des aventuriers. Évidemment, les dieux et les déesses présents dans la grande salle du conseil n'étaient pas au courant du fait que des cordes avaient été installées à l'intérieur de la carcasse. Lorsque Leonis et ses amis avaient pénétré dans l'abri, Bastet n'avait pu retenir une exclamation de joie. Toutefois, en voyant le sable rouge masquer subitement et entièrement la scène que leur révélait la sphère, la déesse-chat n'avait pu que constater l'implacable violence de la tempête. Le cadavre du scorpion géant n'était plus visible. Il n'y avait plus aucun moyen de savoir si l'abri improvisé résisterait à l'assaut de la lame de sable. Horus ne disposait d'aucun symbole pour répliquer au coup de son oncle. Il regrettait d'avoir consacré la plaquette illustrant le bouclier à un usage moins critique. Il joua donc l'une de ses deux plaquettes vierges en ayant la certitude que Seth venait de le battre. La tempête durerait une heure. Le refuge des hommes, s'il n'était pas réduit en pièces par la force du vent, serait sans aucun doute enseveli sous une épaisse couche de sable. La tempête pourrait aussi emporter la carcasse comme s'il s'agissait d'un fétu de paille. Si cela arrivait, les mortels ne pourraient résister aux secousses que produirait une pareille envolée. Le dieu-faucon avait tout de même éprouvé de l'admiration devant la créativité de ceux qu'il avait tenté de protéger. Pendant un instant, Horus avait lu de l'incertitude dans les yeux de son rival. La perplexité de Seth n'avait cependant pas duré longtemps. En ce moment, à l'instar de Maât, de Bastet et du fils d'Osiris, le dieu du chaos fixait le globe de quartz qui semblait rempli de sang. Savourant d'avance son triomphe, Seth avait croisé les bras sur son torse et il souriait à belles dents.

Dans la carcasse du scorpion, Leonis, Montu et Menna avaient été très malmenés. Le vacarme de la tempête était assourdissant. Même en hurlant, ils ne pouvaient entendre leurs cris. Quand le vent les avait emportés, leur refuge avait exécuté une succession de retournements brutaux. Heureusement, aucun d'eux n'avait lâché sa corde. Leurs corps avaient toutefois été secoués en tous sens comme des pantins disloqués. Le coude de Menna avait percuté le derrière du crâne de Leonis. Le genou de Montu s'était enfoncé dans le ventre du combattant. L'étrange véhicule s'était ensuite stabilisé. D'instinct, chaque membre du trio s'était empressé d'entourer ses poignets du lien qu'il tenait. La carcasse s'était ensuite retournée et un puissant jet de sable était entré par le large trou qui leur avait servi de porte. Le jet était venu fouetter leur chair durant un bref mais fort pénible instant. Une autre pirouette avait inversé le corps du scorpion. Son dos avait fait office de plancher durant quelques minutes. Menna et Leonis avaient pu appuyer leurs pieds sur cette surface. Montu était par contre trop petit. Suspendu par les poignets, il se balançait dans le vide. Leonis avait songé aux malheureux ânes qui avaient la tête à l'envers. Il ne pouvait les voir. L'obscurité était totale.

Ce difficile et étourdissant périple s'était prolongé tant que le sable s'était écoulé du quatrième vase. Pendant une heure interminable, la carapace de la sentinelle de Seth n'avait pas touché le sol du désert. En dépit des mouvements brusques qui la ballottaient, il n'y avait eu aucun choc. L'instant le plus dévastateur avait été celui où le vent avait cessé. En s'écrasant sur les dunes, la carcasse avait fait une dizaine de bonds violents. Elle avait ensuite roulé sur elle-même avant de s'immobiliser sur son flanc gauche. À l'intérieur, ses occupants avaient sombré dans l'inconscience.

En revenant à lui, Leonis n'ouvrit pas tout de suite les yeux. Il avait un goût de sang dans la bouche. Chaque partie de son corps était meurtrie. Il n'avait aucune conscience de l'endroit où il était. Une odeur horrible flottait dans l'air. Il voulut remuer son bras droit et il constata que ses poignets étaient entravés. Ses genoux étaient posés sur une surface dure. De terribles fourmillements envahissaient ses jambes. Près de lui, un âne se mit à pousser une série de braiments sinistres. On eût dit qu'on égorgeait cette pauvre bête. Effrayé, l'enfant-lion ouvrit enfin les paupières. Son regard tomba sur le visage ensanglanté de Menna. Le combattant était adossé à la cloison. Ses poignets étaient attachés au-dessus de sa tête. Ses jambes s'écartaient dans une position probablement très inconfortable.

Un gémissement se fit entendre à la droite de Leonis. Ce dernier tourna la tête pour apercevoir Montu. Son ami avait aussi les bras attachés. Il fixait le sauveur de l'Empire d'un regard éberlué. Par un grand trou qui s'ouvrait derrière la silhouette de son compagnon, Leonis vit le décor singulier des Dunes sanglantes. Cette vision eut pour effet de lui rappeler l'incroyable épisode que ses amis et lui venaient de vivre. Avec angoisse, il s'activa. Il s'efforça d'abord de libérer ses poignets. Il ouvrit les paumes pour lâcher la corde qu'il tenait toujours. Après avoir exécuté quelques torsions, le lien glissa sur sa chair lacérée. Ses poignets étaient couverts de sang. En émettant un râle de douleur, l'enfant-lion remua ses jambes ankylosées. L'âne recommença à se lamenter. L'adolescent se mit à plat ventre. Il bougea ses membres avec peine pour se délier les muscles. À ses côtés, Montu s'agita. À son tour, il réussit à s'extraire de sa fâcheuse position. En apercevant Menna qui était toujours inanimé, il bredouilla :

— Tu… tu crois… qu'il est… mort, Leonis ?

— Je ne sais pas, mon vieux, répondit le sauveur de l'Empire d'une voix enrouée. Je n'arrive presque plus à bouger.

Montu enjamba Leonis et s'approcha du soldat. Après un bref examen, il annonça :

— Il est toujours vivant! Il respire! Il est juste assommé, je crois!

Leonis parvint à s'asseoir. Il jeta un coup d'œil aux bêtes. L'ânesse de Montu était couchée sur le côté. Elle se débattait pour se libérer des liens qui l'empêchaient de se relever. L'autre animal était plaqué à la paroi supérieure de la carapace. Il demeurait immobile et sa tête pendait mollement dans le vide. Puisque les jeunes gens n'avaient guère pu prévoir une aussi folle aventure, les deux paniers et les deux outres, qui n'avaient pas été sanglés aux bêtes, étaient tombés. L'un des paniers brillait par son absence. Le contenu de l'autre était éparpillé sur le sol.

Leonis et Montu libérèrent Menna et parvinrent à l'extirper de son évanouissement. Le combattant s'était entaillé le front, mais la blessure était sans gravité. La plaie de Montu s'était par contre rouverte. Le sang s'en échappait de plus belle. L'ânesse fut délivrée. Mis à part une longue écorchure sur le museau, elle était indemne. L'autre bête était morte.

Leonis et ses amis étaient heureux et étonnés d'avoir survécu à cet incroyable événement. Toutefois, en dressant l'inventaire de leur équipement, ils constatèrent avec effroi que les outres et le panier contenant les vivres n'étaient plus là. Il ne leur restait plus que leurs arcs, leurs flèches, un javelot, le poignard de Menna, une lampe, devenue inutilisable parce qu'ils n'avaient plus ni huile ni mèche, quelques vêtements, une torche et une dizaine de bois de feu. Le reste de l'équipement s'était probablement disséminé dans le désert en sortant par la brèche pratiquée par l'oiseau Benou. Les compagnons allèrent s'asseoir sur le sable pour panser la blessure de Montu et discuter de leur décourageante situation. Le faucon, que la tempête n'avait, à l'évidence, nullement perturbé, poussa son cri aigu pour saluer les survivants.

Seth heurta d'un poing rageur l'accoudoir de son trône d'or. Médusé, Horus murmura :

— Sont-ils vraiment mortels ?

Le globe translucide montrait les hommes qui venaient d'émerger de la carcasse de la sentinelle. Aucune des divinités ne pouvait croire à ce qu'elle voyait. Afin de localiser les cadavres, la sphère avait balayé le domaine du tueur de la lumière. Les corps de Leonis et de ses compagnons étaient probablement ensevelis sous le sable. Pourtant, de manière à vérifier qu'il ne restait aucune âme qui vécût au cœur des Dunes sanglantes, le grand œil de quartz devait révéler chaque portion du territoire de Seth. Il fallait s'assurer que le sauveur de l'Empire était bien mort avant de mettre un terme au duel. Seulement, les hommes étaient vivants. Le duel devait se poursuivre. Horus ferma les yeux. Il se réfugia un moment dans ses réflexions et éclata de rire. Sur un ton moqueur, il dit à Seth :

— Tu as vraiment joué un coup formidable, mon oncle ! Je viens de regarder par les yeux du faucon qui guide les hommes. Ta tempête les a poussés si loin à l'ouest qu'ils ne sont plus qu'à une journée de marche de l'oasis ! Ils l'atteindront sans doute avant que tu ne puisses jouer ton cinquième coup ! Que se passera-t-il, vénérable Maât, si le sauveur de l'Empire pénètre dans l'oasis avant les six jours prévus ?

— Dans ce cas, répondit la maîtresse du jeu, l'affrontement sera terminé et la victoire t'appartiendra, Horus !

18
LES GARDIENS

L'enfant-lion passa sa langue desséchée sur ses lèvres gercées et brûlantes. La soif le tourmentait. Il posa un regard alarmé sur Montu. Tremblant de fièvre, ce dernier était désormais assis sur le dos de l'ânesse rousse. Plus tôt, ce matin-là, le blessé avait fait une mauvaise chute. Sa plaie avait recommencé à saigner. Montu oscillait au gré des pas de la vaillante bête. Il luttait pour garder les yeux ouverts. Son sang traversait son pansement de lin et maculait la croupe de sa monture. Il se répandait sur les arcs et les carquois. Il s'infiltrait aussi dans le panier contenant ce qui subsistait de leur bagage. Le sauveur de l'Empire se sentait impuissant. Son meilleur ami mourait lentement devant ses yeux. Il ne pouvait rien faire d'autre que lui murmurer des mots d'encouragement qui, de plus en plus, prenaient des allures de mensonges.

Menna allait devant. Il s'appuyait sur l'unique javelot qui restait et portait son carquois en bandoulière. Son arc était posé sur son épaule droite. Vu les circonstances, le port de ces armes était bien inutile. Néanmoins, jusqu'à la fin, le brave protecteur de Leonis entendait poursuivre sa mission. Leurs bâtons de caroubier avaient disparu. Le furieux voyage qu'ils avaient fait dans le ventre du scorpion les avait meurtris plus qu'ils ne l'avaient cru. Leurs corps étaient couverts d'ecchymoses. Menna boitait. La veille, les jeunes gens s'étaient remis en route avec l'intention de ne plus s'arrêter. Mais, dans les Dunes sanglantes, la nuit était si opaque qu'ils avaient été contraints de renoncer à leur projet. Malgré ce repos, ils se sentaient exténués. Le temps était venu où leur corps demeurait sourd aux adjurations de leur volonté. Ils n'avaient plus envie d'avancer. Pour chacun d'eux, la mort commençait même à revêtir certains attraits.

Leonis vit Menna tomber à genoux. Il ressentit un pincement au cœur. Lorsqu'il entendit son brave compagnon d'aventures émettre un sanglot rauque, le sauveur de l'Empire songea que tout était fini. La force et la persévérance de ce combattant étaient sans pareilles. S'il cédait, c'est que rien n'allait plus. Leonis s'avança vers le jeune homme. Sur un ton résigné, il dit:

— Nous allons nous reposer, Menna. De toute façon, nous sommes perdus. La tempête nous a peut-être même éloignés de l'oasis.

Le combattant leva la tête. Il pleurait, mais ses joues étaient sèches. Menna fut incapable de prononcer un mot. Il indiqua l'ouest d'un doigt fébrile. L'enfant-lion plissa les yeux et aperçut lui aussi l'îlot de végétation qui se détachait au loin. Il ne pouvait s'agir que de l'oasis de la prisonnière des dunes. Tout comme Menna, il tomba à genoux et se mit à pleurer. L'ânesse s'immobilisa auprès d'eux. Leonis se retourna dans le but d'annoncer l'excellente nouvelle à Montu. Le blessé était lourdement appuyé sur le cou de l'animal. Ses bras pendaient et il ne bougeait plus. Le sauveur de l'Empire se leva lentement. Le cœur battant, il s'approcha de son ami en se préparant à la plus cruelle des constatations. Menna se redressa. Ses traits se crispèrent. Il serrait les poings, déjà prêt à maudire la fatalité. En examinant son ami, Leonis exhala un soupir de soulagement. Il regarda Menna et chuchota :

— Il dort.

Le visage du soldat se détendit. Soulagé, il déclara :

— Nous devons nous hâter d'atteindre l'oasis, mon ami. Là-bas, nous pourrons sauver Montu.

Leonis releva la position du soleil. Dans deux heures, il atteindrait son zénith. L'adolescent demanda :

— Réussirons-nous à quitter les dunes avant la prochaine attaque ?

— C'est possible, répondit Menna. Notre but est devant nos yeux. Je sens mes jambes plus fortes, tout à coup. Là-bas, il y a sûrement de l'eau fraîche comme celle du grand fleuve. Nous pouvons y arriver avant que Seth ne nous soumette à de nouveaux supplices. Nous devons fournir un dernier effort. Je ne pourrais plus me battre, mon ami... J'en serais incapable... Je n'aurais jamais cru prononcer un jour de telles paroles.

— Dans peu de temps, tu seras remis sur pied et tu seras prêt à affronter une armée, mon brave Menna. Il faut repartir, maintenant... Montu va survivre.

Seth ne pouvait admettre que la victoire était sur le point de lui échapper. La distance entre les mortels et l'oasis de la prisonnière était de plus en plus réduite. Tout indiquait que l'enfant-lion se retrouverait en lieu sûr avant que Maât ne se levât pour retirer le bouchon du cinquième vase. Le maître des Dunes sanglantes trouvait cette situation intolérable. Les hommes progressaient et il était obligé d'assister à la scène sans remuer le petit doigt. En temps normal, un seul geste de sa part eût suffi à anéantir ce ridicule sauveur de l'Empire. Le puissant tueur de la lumière devait toutefois attendre. Assis sur son trône, il souhaitait ardemment que le temps lui permît de lancer une dernière offensive. Les plaquettes qu'il possédait encore illustraient le serpent, l'épuisement, la tromperie, les Gardiens et la démence. Il avait d'abord arrêté son choix sur la démence. En devenant fous, les mortels se seraient sans doute éloignés de l'oasis. Seulement, puisque ce sort ne durerait qu'une heure, ils auraient ensuite disposé d'une longue période pour gagner le refuge de la sorcière d'Horus. En utilisant la tromperie, Seth aurait pu soustraire l'oasis aux yeux des mortels. Mais, encore une fois, cette confusion n'aurait été que passagère. De surcroît, le faucon serait là pour les remettre sur le droit chemin. Quant au serpent, il n'avait aucune utilité. Le dieu du chaos n'avait pas créé de serpent-sentinelle. Il ne pouvait donc utiliser qu'un serpent ordinaire et facile à éliminer. Puisque les hommes s'approchaient de l'oasis, à quoi aurait-il servi à Seth de faire usage du symbole représentant l'épuisement ? De toute manière, les aventuriers étaient déjà épuisés. Le tueur de la lumière avait donc décidé, si l'occasion se présentait, d'utiliser les Gardiens.

Les Gardiens étaient des esprits maléfiques qui hantaient le territoire du tueur de la lumière. Seth en avait créé trente. À l'instar des terribles sentinelles, ils arpentaient les Dunes sanglantes pour éliminer les rares traces de vie qui pouvaient fortuitement s'y retrouver. Ces créatures s'attaquaient quelquefois aux sentinelles, mais, puisqu'elles étaient beaucoup moins puissantes que les redoutables monstres, leurs assauts n'avaient que peu de conséquences. Les Gardiens se matérialisaient avec le sable pur et infertile des dunes. Lorsque l'une de ces créatures assommait un homme ou une bête, elle ensablait sa proie inerte. Après avoir absorbé et annihilé toute la force vitale de sa victime, le Gardien se désintégrait pour renaître un peu plus loin et reprendre sa patrouille. Ces prédateurs étaient efficaces. Mais, compte tenu des circonstances, leur utilisation pourrait se révéler futile. En premier lieu, les Gardiens avaient besoin d'un certain temps pour prendre forme. Seth ne disposait pas de beaucoup de temps. Deuxièmement, un vulgaire grain d'orge contenant une parcelle de vie suffisait à les détruire temporairement. C'était là leur plus grande faiblesse. Les Gardiens ne faisaient guère la différence entre un brin d'herbe et un homme. Lorsqu'ils décelaient un organisme vivant, ils se précipitaient dessus, assimilaient sa substance vitale et se désintégraient. Horus, comme toutes les divinités, connaissait ces créatures. Par conséquent, si le dieu-faucon possédait un symbole lui permettant de répandre de simples grains de blé devant les Gardiens, ceux-ci se jetteraient sans discernement sur les semences. Les hommes auraient alors l'occasion de fuir.

La marche des hommes semblait s'éterniser. Bastet suivait avec anxiété la progression de son protégé. L'enfant-lion et ses amis n'étaient plus désormais qu'à un quart d'heure de l'oasis. Les mortels avaient accéléré le pas. Mais la sphère, qui montrait de temps à autre aux divinités la course du soleil, leur indiquait que la cinquième offensive de Seth ne pourrait être évitée. Fréquemment, le regard inquiet de la déesse-chat se détachait du globe translucide pour se tourner vers la maîtresse du jeu. Maât était calme. Les yeux fermés, elle méditait. Au grand soulagement du tueur de la lumière, l'instant que Bastet et Horus appréhendaient arriva. Maât ouvrit les paupières pour annoncer:

— Il est temps de jouer ton cinquième coup, terrible Seth!

Sans se soucier des quatre plaquettes d'ébène qui tombèrent sur le sol, le dieu du chaos se leva rapidement. Il révéla son symbole à Maât en criant presque:

— Je vais utiliser le symbole représentant les Gardiens, noble Maât! Je désire que mes trente Gardiens entourent les hommes!

— J'approuve ta requête, Seth! Tes Gardiens reviendront du néant pour se matérialiser autour des mortels!

Leonis et Menna levaient sans cesse les yeux vers l'astre du jour. Ils savaient qu'ils n'atteindraient pas l'oasis à temps. Ils pouvaient maintenant bien voir l'habitat de la prisonnière. Un étrange dôme de vapeur laiteuse le recouvrait. Cette brume était toutefois très discrète. Les aventuriers arrivaient à apercevoir les circonvolutions qui ornaient les troncs d'un groupe de dattiers. L'ânesse rousse avançait entre Menna et l'enfant-lion. Montu dormait toujours. On avait pris soin de l'installer de manière à le préserver d'une possible chute. Menna se retourna pour dire quelque chose à Leonis. L'affolement se lut soudainement sur ses traits. Promptement, le combattant empoigna son arc et glissa une flèche sur la corde. La flèche fut pointée sur la poitrine du sauveur de l'Empire qui demeura pétrifié. Le soldat hurla alors:

— Écarte-toi, Leonis! Nous sommes attaqués!

L'enfant-lion exécuta un mouvement de côté avant de faire volte-face pour regarder ce que son compagnon avait vu. À quatre longueurs d'homme de l'endroit où Leonis se tenait se dressaient deux menaçantes silhouettes. Ces choses ressemblaient à des statues d'humains inachevées. Cependant, puisqu'elles s'animaient, il ne s'agissait assurément pas de statues. Elles avaient la teinte et la texture des Dunes sanglantes. Elles brandissaient de lourdes massues qui faisaient corps avec leurs bras. Les créatures avançaient silencieusement. Leurs pieds, si elles en possédaient, n'étaient pas visibles. Ils s'enfonçaient jusqu'aux chevilles dans le tapis strié des dunes. Leurs jambes ne se soulevaient pas. Les créatures glissaient sur le sable comme des canards sur l'onde d'un étang. Elles ne laissaient toutefois aucune trace sur leur passage. D'autres êtres semblables se formaient à proximité de l'inquiétant duo. Menna décocha sa flèche qui percuta l'une des créatures. Le trait s'enfonça du côté gauche de sa poitrine. Le Gardien de Seth continua à avancer sans la moindre hésitation. Leonis s'était approché de l'ânesse. Il avait saisi son carquois et son arc abondamment arrosés du sang de Montu. Il s'apprêtait à tirer lorsque Menna lança :

— Il faut courir, Leonis ! Les flèches ne servent à rien contre ces guerriers de sable. Je crois que nous pouvons réussir à les esquiver !

Leonis débanda son arc pour se conformer à l'exhortation de Menna. Ils ne firent que quelques pas avant de s'immobiliser. D'autres créatures s'étaient matérialisées entre l'oasis et eux. Il y en avait aussi au sud et au nord. Les aventuriers étaient encerclés. Les guerriers de sable étaient nombreux.

Leonis et Menna virent un cercle d'un rouge plus sombre que le sable se dessiner sur le sol. Ce cercle les entoura et les isola des Gardiens. Les deux compagnons virent qu'il s'agissait de fourmis. Pour répliquer au coup de Seth, Horus avait joué le symbole représentant ces petits insectes. Les fourmis rouges se déployèrent et grimpèrent à l'assaut des guerriers de sable. Ces derniers s'immobilisèrent pour annihiler la vie de la multitude d'êtres qui s'étaient introduits en eux. Sans comprendre, les mortels assistèrent à la désintégration des monstres. Dès que le sable fut retombé, l'ânesse rousse prit la fuite. Emportée par une étonnante et subite énergie, elle détala vers l'oasis en entraînant Montu qui tressautait dangereusement. Émergeant de sa stupeur, Leonis jeta :

— J'ignore ce qui s'est passé, Menna, mais je ne tiens pas à rester plus longtemps sur cet horrible territoire ! Nous nous interrogerons plus tard ! Allez ! il faut suivre cette vaillante bête ! Pourvu que Montu ne tombe pas !

L'enfant-lion et le combattant firent de grandes enjambées. Ils avancèrent le plus rapidement possible sur le sol capricieux des Dunes sanglantes. Devant eux, l'ânesse filait allégrement. En voyant l'animal franchir la lisière de l'oasis, Leonis hurla de joie. Puis, à mi-chemin entre les mortels et la végétation, des monticules se formèrent. Bientôt, les guerriers de sable se matérialisèrent de nouveau. Cette fois, les trente Gardiens du tueur de la lumière avaient formé une haie compacte. La seule façon de leur échapper consistait à s'éloigner de l'oasis. Les créatures étaient très lentes. À bout de souffle, Menna déclara:

— Nous pouvons tenter de les contourner. Montu est en lieu sûr, maintenant. Tu peux t'enfuir, Leonis. Je vais faire en sorte de les attirer.

— C'est hors de question, Menna! riposta l'enfant-lion. Les fourmis reviendront sans doute! Si elles ne reviennent pas, nous nous battrons ensemble! Ces créatures n'avancent pas très vite! Nous avons une chance de les éviter!

Le sauveur de l'Empire dut cependant abandonner ses espérances. Les Gardiens se mirent à progresser plus rapidement. À tel point qu'il devint impossible de fuir. Horus avait joué son coup. Il ne pouvait plus intervenir. Dans la grande salle du conseil des dieux, les divinités attendaient la fin. Bastet et Horus, avec dépit ; le tueur de la lumière, avec joie. Le visage de Maât affichait la plus totale indifférence.

Menna lança deux flèches sans résultat. Leonis tira à son tour et le Gardien qu'il toucha se désintégra dans un nuage. L'espoir gonfla le cœur des compagnons. Menna lâcha un nouveau trait, mais le Gardien qu'il avait atteint demeura intact. Leonis faucha une seconde créature. Le combattant observa son ami avec curiosité. L'enfant-lion tendait de nouveau son arc. Menna remarqua que sa flèche était ensanglantée. Sans trop de conviction, il songea que le sang de Montu avait peut-être la faculté d'exterminer les guerriers de sable. Leonis décocha sa flèche et un autre Gardien fut foudroyé. Menna puisa une flèche dans le carquois du sauveur de l'Empire. Sa pointe était maculée de sang. Le soldat banda son arc et visa. Sa cible explosa comme une motte de terre lancée avec force sur le pavé.

— Le sang de Montu peut tuer ces créatures ! clama Menna. Nous devons seulement utiliser des flèches aux pointes souillées !

Cet appel enclencha l'éradication des Gardiens de Seth. À lui seul, Menna, qui était sans conteste le plus habile archer du glorieux empire d'Égypte, parvint à détruire dix-sept créatures. Profitant de cette trouée dans les rangs des guerriers de sable, les aventuriers foncèrent vers l'oasis de la prisonnière des dunes. Ils s'y réfugièrent. Le tueur de la lumière était vaincu.

— Le duel est terminé! annonça la maîtresse du jeu. Les mortels foulent désormais le sol de l'oasis de la prisonnière! Je déclare Horus victorieux!

Seth se leva. La colère le consumait. Il saisit son trône par le dossier et le projeta avec véhémence sur la sphère translucide. Le grand œil de quartz éclata. Des millions de petits joyaux diaphanes s'éparpillèrent dans la salle du conseil des dieux. Après les derniers tintements cristallins produits par la chute des fragments, le rire franc du dieu-faucon résonna entre les parois d'or de l'immense pièce. Avant de se volatiliser, le tueur de la lumière vociféra:

— Tu m'as peut-être vaincu, Horus, mais ta sorcière n'est pas libérée pour autant! Elle ne quittera jamais cette oasis! Tu m'entends, Horus? Jamais!!!

19
LA PRISONNIÈRE DES DUNES

Sans se retourner, Leonis et Menna franchirent une bonne distance à l'intérieur de l'oasis. Quand le sauveur de l'Empire posa une main sur l'épaule de son ami, ils s'immobilisèrent enfin. Le corps incliné vers l'avant, les paumes sur les genoux, ils s'efforcèrent de recouvrer leur souffle. Au bout d'un long moment, l'enfant-lion prononça avec difficulté :

— Nous… avons réussi, Menna… Tu te… rends compte ? Nous… nous avons atteint notre but !

— J'espère que Seth ne pourra plus… nous importuner, répondit Menna. J'espère aussi que Bastet disait la vérité lorsqu'elle t'a assuré que nous serions hors de danger en pénétrant dans l'oasis…

Leonis s'étira en levant les bras au ciel. Tout à coup, il émit un couinement épouvanté. Menna lui lança un regard anxieux. Perclus de frayeur, le sauveur de l'Empire fixait les Dunes sanglantes. Le combattant se redressa pour observer à son tour le cauchemardesque tableau qui se déployait au-delà de la barrière brumeuse entourant l'oasis. D'innombrables créatures erraient au sein du décor cramoisi du territoire de Seth. Menna et Leonis aperçurent des dizaines de scorpions, d'araignées et de scolopendres. Tous ces monstres avaient la dimension du scorpion géant qui les avait attaqués. Les guerriers de sable s'étaient de nouveau matérialisés. Ils déambulaient aux abords de l'oasis. Leonis et Menna observèrent également une fabuleuse créature volante qui avait le corps d'une bête, de grandes ailes et une tête d'apparence humaine. Cette chose était immense. Elle plana un moment à peu de distance de l'oasis et fonça ensuite vers l'est en rasant les dunes. Un chien monstrueux, sans yeux et plus grand que nature, vint rôder à proximité des guerriers de sable. Trois Gardiens s'approchèrent de la bête. Leurs massues s'abattirent et, sans même avoir émis un cri, le chien aveugle fut terrassé. Les guerriers fondirent sur lui pour l'envelopper. À l'endroit où s'était déroulé ce bref assaut, il ne restait plus qu'un monticule lisse. Menna parvint à détacher ses yeux de l'effroyable scène. Il secoua l'enfant-lion pour l'extirper de sa contemplation. Leonis hocha la tête et balbutia:

— Nous… nous sommes sûrement en… sécurité, ici… Mais comment… comment allons-nous faire pour… pour quitter cet endroit?

— Nous verrons, Leonis, répondit Menna. Pour l'instant, nous devons retrouver Montu.

Le cri du faucon retentit au-dessus de leurs têtes. L'oiseau de proie s'était posé sur la plus basse branche d'un sycomore rabougri. Il délaissa son perchoir pour voler lentement en direction d'une palmeraie. Il se posa alors au milieu d'un petit sentier.

— Notre guide semble savoir où se trouve Montu, observa Leonis.

Ils empruntèrent la direction indiquée par l'oiseau. Ce dernier reprit son envol. Les aventuriers virent les empreintes de l'ânesse sur le sable du sentier. Régulièrement, des gouttes de sang marquaient la piste. Ils longèrent un petit lac et s'arrêtèrent pour se désaltérer. Malgré l'intense soif qui les affligeait, Leonis et Menna ne s'accordèrent que quelques gorgées d'eau. Le liquide était frais et délectable. Ils durent résister à l'envie de plonger dans le lac. Étonnés, ils remarquèrent que l'ânesse de Montu n'avait pas interrompu sa course pour s'abreuver. La bête devait pourtant avoir très soif. Leonis songea que son compagnon et lui venaient peut-être de boire l'eau de la source empoisonnée dont lui avait parlé Bastet. La vaillante ânesse avait-elle négligé cette eau parce qu'elle sentait qu'elle pouvait causer sa mort? Leonis fit part de ses craintes à Menna. Ce dernier se contenta de hausser les épaules et ils reprirent leur cheminement sous le dôme de plus en plus dense des arbres. Ils débouchèrent sur une petite clairière au centre de laquelle se dressait une hutte. L'ânesse rousse était là. Montu était couché sur une large pierre plate. Près de lui se tenait une horrible créature. Sa silhouette était humaine, mais il ne s'agissait certainement pas d'un être humain. Sa peau était verdâtre et recouverte de boursouflures. Le monstre s'approcha de Montu. Dans sa main, il tenait un grossier poignard taillé dans la pierre. Menna et Leonis bandèrent leurs arcs pour s'approcher de la créature. Celle-ci leva sa lame et Menna rugit:

— Lâchez ce poignard! Sinon je vous tuerai sans hésiter!

Le monstre s'immobilisa et fixa le combattant de ses yeux globuleux. Ses lèvres informes dessinèrent un rictus qui révéla une rangée de dents gâtées. D'une voix nasillarde, il déclara :

— N'ayez crainte, mes braves garçons. Je ne veux que retirer l'affreux pansement que vous avez noué au bras de votre pauvre ami. Il est plutôt mal en point. Laissez-moi le soigner. C'est urgent…

Sans détendre leurs arcs, Menna et Leonis avaient rejoint la pierre sur laquelle reposait Montu. Le blessé remuait violemment la tête. Les paupières closes, il gémissait.

— Il commence à délirer, commenta la créature. Sa fièvre est virulente. J'ai guidé l'ânesse jusqu'ici. Allons, mes amis ! Je suis très laide, je le sais, mais je ne suis pas dangereuse. Je suis Sia. Je suis celle que vous êtes venus délivrer. Je suis la prisonnière des dunes.

Les jeunes gens s'entreregardèrent avec étonnement et abaissèrent leurs armes. La créature hocha la tête de haut en bas. À l'aide de sa lame de pierre, elle coupa le pansement souillé de Montu. Elle eut un sursaut en voyant la plaie. Leonis demanda :

— Va-t-il s'en tirer ?

— Le mal est dans la blessure, répondit Sia sans lever les yeux. Son sang est corrompu. J'ai besoin de tranquillité, mes amis. Je vais tout faire pour sauver votre compagnon. Il faut nourrir et abreuver cette courageuse ânesse. Il y a tout ce qu'il faut dans ma demeure. Buvez et mangez. Pas trop, tout de même. Votre longue privation vous interdit de vous gaver. Laissez-moi, maintenant. Ayez confiance.

Leonis et Menna hésitèrent. Le sauveur de l'Empire observa longuement Montu. Il posa la main sur son front brûlant avant de soupirer :

— Obéissons à cette… femme, Menna. De toute façon, nous ne pourrions rien faire de plus pour notre compagnon.

Le soldat l'approuva d'un signe du menton. Les deux amis laissèrent Montu aux soins de la prisonnière des dunes. Ils gagnèrent la hutte sans échanger une parole.

Sia s'activa longtemps auprès du blessé. Menna et Leonis entendirent sa voix rauque réciter de longues incantations. Les aventuriers avaient bu et mangé. Avec surprise, ils avaient constaté que la sorcière avait confectionné du pain d'épeautre. Les jeunes gens étaient maintenant assis sous un dattier. De loin, ils observaient la sorcière d'Horus. Sia avait fait du feu. Une grande quantité de jarres et de flacons étaient déposés à la base du lit de pierre de Montu. Ces récipients contenaient des herbes, des poudres, des huiles et des onguents.

La sorcière avait créé une mixture avec de la boue. Le corps de Montu en était recouvert. Sia jetait de temps à autre une pincée de poudre dans le feu. Le faucon qui avait guidé les mortels était posé sur un perchoir cruciforme qui se dressait à proximité de la hutte. Un autre faucon l'accompagnait. La prisonnière des dunes procéda ainsi durant d'interminables heures. Le crépuscule s'avançait lorsqu'elle vint enfin rejoindre Leonis et Menna. Elle semblait exténuée. Elle se laissa choir près des compagnons et leur expliqua:

— J'ai eu de la difficulté à faire sortir le mal de ce pauvre garçon. J'y suis parvenue en faisant entrer le mal en moi. J'ai dû le combattre longtemps. J'ai failli m'évanouir. C'est plus facile lorsque le sujet est éveillé. Enfin. J'ai réussi. Votre ami va survivre. La fièvre l'a quitté. Je lui ai fait un cataplasme et sa plaie va se refermer. Il a besoin de repos, mais il va bien.

Un peu incrédule, Leonis se leva pour aller vérifier les dires de la sorcière. Il s'approcha de Montu. En touchant son front couvert de boue, il fut heureux de constater sa fraîcheur. La fièvre s'était dissipée. Montu dormait paisiblement. Sa poitrine se soulevait à un rythme régulier et il ronflait. Une bouillie verte recouvrait sa blessure. L'enfant-lion prit la main de son ami. Le cœur débordant de reconnaissance, il la garda un moment dans le creux de sa paume tremblante. Ensuite, il retourna vers le combattant et la sorcière. Menna l'observait avec attention.

— Cette femme dit la vérité, annonça Leonis. Montu va beaucoup mieux!

— Vous pouvez bien douter de moi, déclara la sorcière avec un rire éraillé. Lorsque je vous ai vus entrer dans les Dunes sanglantes, j'avais bien peu d'espoir de vous voir survivre. J'ai également douté de vous, mes jeunes amis.

— Vous nous avez vus? lança Menna.

— Oui, répondit Sia. Je vous attendais sans trop y croire. J'ai suivi votre progression avec crainte et intérêt. J'ai pu vous observer grâce aux yeux du faucon qui vous a guidés. Malheureusement, quand l'un de mes deux oiseaux passe la porte du territoire de Seth, je perds cette faculté. Mon corps et mon âme sont confinés dans ce domaine. Je ne peux voir au-delà.

L'enfant-lion demanda:

— Vous saviez que nous venions pour vous libérer?

— Oui, fit la sorcière sur un ton attristé. Horus m'a annoncé votre venue en rêve. Horus est mon maître. Il ne peut malheureusement pas me soustraire au sort qui m'afflige. Seul un mortel pourrait le faire. J'ignore cependant les raisons qui vous ont poussés à accomplir un aussi périlleux voyage pour me délivrer…

— Nous vous expliquerons, dit Menna. Que devons-nous faire pour vous rendre la liberté?

— Hélas! il m'est impossible de vous le dire, mes braves! Si je vous en parlais, je cesserais d'exister. Dans cette oasis, il y a une porte semblable à celle que vous avez traversée pour pénétrer dans le territoire de Seth. Si vous le désirez, elle vous permettra de quitter ce monde. Moi, je ne peux franchir cette porte. Je dois connaître ma délivrance avant de le faire. Vous êtes bien braves d'avoir risqué votre vie pour moi. Seulement, je doute que vous puissiez trouver la clé qui rompra l'ensorcellement.

— Où se trouve la source empoisonnée? questionna Leonis.

— Il n'y a aucune source empoisonnée dans cette oasis, répliqua la sorcière.

— Pourtant, la déesse Bastet m'a affirmé que je devrais boire l'eau de cette source pour vous libérer. Ce point d'eau doit certainement exister. Vous ne l'avez peut-être pas encore découvert.

Sia observa longuement le sauveur de l'Empire. Elle réfléchit et une lueur de compréhension anima subitement ses yeux exorbités. En soupirant, elle dit :

— Ainsi, tu es envoyé par Bastet. Je crois comprendre le sens des mots de la déesse-chat. Toutefois, je n'ai guère le droit de vous éclairer à ce sujet. Si vous me disiez vos noms, mes amis ! Je suis une puissante sorcière, mais, en ce lieu, mes pouvoirs sont très limités. Je ne peux donc pas lire dans vos pensées…

— Mon nom est Leonis. Ce vaillant combattant s'appelle Menna. Le garçon que vous avez soigné se nomme Montu. Je suis l'enfant-lion. J'ai pour mission de sauver l'empire d'Égypte d'un grand cataclysme promis par Rê. Ce cataclysme doit avoir lieu dans moins de trois ans. Je dois trouver douze joyaux afin de livrer l'offrande suprême au dieu-soleil. Pharaon pourra ainsi éviter la colère du dieu des dieux. Menna et Montu m'assistent dans la poursuite de cette tâche. Nous avons dû interrompre la quête des douze joyaux de la table solaire pour partir à votre recherche. Lors de notre départ, un sorcier nommé Merab s'apprêtait à rejoindre les ennemis de l'Empire. Vous connaissez ce Merab, Sia. Vous êtes le seul être capable de l'affronter. C'est pour cette raison que nous sommes venus.

Sia avait baissé la tête. Elle passa une main osseuse dans ses cheveux clairsemés. D'une voix empreinte de détresse, elle dit:

— C'est Merab qui m'a jeté ce sort qui me retient prisonnière. Cela est arrivé il y a très longtemps. Pour le moment, je… je n'ai pas très envie de parler de cette triste période. Seulement, je veux que vous sachiez que je ne peux attaquer Merab. Je suis une sorcière bienfaisante. Je peux protéger les gens contre la magie de ce sorcier. Il m'est cependant impossible de jeter un sort dans le but de faire le mal. Par contre, si Merab m'attaquait, je pourrais répliquer… Je t'aiderais volontiers, enfant-lion, mais j'ignore si tu sauras me délivrer avant que ne survienne le grand cataclysme…

La sorcière d'Horus se leva. Elle indiqua la pierre sur laquelle dormait Montu. Elle se racla la gorge et dit à voix basse:

— Je vais installer des nattes afin que vous et votre ami puissiez dormir confortablement. Vous transporterez Montu dans la demeure. Je suis fatiguée, mes braves. Vous l'êtes également. Allons dormir. Demain, je vous ferai visiter mon modeste royaume.

Leonis et Menna suivirent la sorcière. Le soir couvrait le ciel d'un voile pourpre.

20

LE PETIT MONDE
DE SIA

Il y avait maintenant trois semaines que
Leonis, Montu et Menna avaient foulé pour
la première fois le sol paisible de l'oasis. La
prisonnière des dunes ne leur avait apporté
que peu de précisions au sujet de sa propre
existence. Sia affirmait qu'elle était captive
depuis fort longtemps. Elle avait prétendu que
son conflit avec Merab avait été terrible, mais
elle évitait de s'éterniser sur le sujet. On eût
dit qu'elle craignait de prononcer un mot de
trop. L'état de Montu s'était rapidement
amélioré. Sa plaie guérissait bien et il avait
retrouvé toute sa vigueur. Les plats que
cuisinait la sorcière d'Horus étaient succulents.
Elle leur servait des cailles et des pigeons, que
ses faucons allaient chasser au-delà du territoire
de Seth. Elle faisait aussi du très bon pain, des

galettes et des gâteaux. Les redoutables faucons ne tuaient pas toujours leurs proies. Sia possédait de nombreux pigeons vivants qu'elle gardait en cages pour les empêcher de nuire à ses cultures. Un champ s'étendait non loin de sa hutte. Depuis longtemps, Sia y cultivait de l'orge, de l'épeautre et du blé. Elle avait tiré les premières semences de l'estomac des oiseaux que ses faucons lui rapportaient. La sorcière possédait également un potager prodiguant des laitues, des petits pois et des concombres; des vignes qui donnaient des raisins sombres et sucrés; et quelques ruches, grouillantes d'abeilles bien portantes, que la brave femme avait adroitement façonnées avec de la boue et de la paille.

Le petit royaume de Sia offrait donc de nombreux bienfaits. Néanmoins, la sorcière semblait impatiente de le quitter. Elle avait montré aux aventuriers la porte qui conduisait hors du monde de Seth. Il s'agissait d'un grand rectangle de pierres rouges, qui ressemblait à celui qui les avait conduits dans le domaine du tueur de la lumière. Cette construction était cependant en meilleur état que la première porte. La sorcière leur avait dévoilé ce passage avec appréhension. Son disgracieux visage semblait dire : « Ne m'abandonnez pas. » Sia avait demandé aux trois compagnons de se bâtir une hutte un peu à l'écart de la sienne. Elle appréciait la compagnie des jeunes gens. Toutefois, elle avait peur de parler durant son sommeil et de leur révéler incidemment le secret de sa libération.

Cet après-midi-là, Leonis, Montu et Menna avaient nagé longtemps. Ils étaient maintenant étendus au bord de l'un des trois petits lacs que comptait l'oasis. Si le ciel qu'ils contemplaient n'avait pas eu l'affreuse teinte du sang, ils auraient pu se croire sur les rives du Nil. En bâillant, Montu demanda:

— Est-ce possible qu'un coin semblable existe en plein cœur des Dunes sanglantes? C'est… c'est un peu comme une magnifique fleur qui pousserait au milieu d'un… d'un gigantesque tas de… de fumier.

— Tu as raison, Montu, répondit Leonis en souriant. C'est vraiment étrange. La sorcière connaît peut-être la raison de tout cela.

— Cette malheureuse Sia est effrayée, dit Menna. Nous n'avons pas toute sa confiance. Elle craint que nous passions la porte. Je crois même qu'elle a peur que nous l'obligions à nous livrer le secret de sa liberté.

— D'après vous, les gars, reprit Montu, qu'est-ce qui l'a rendue aussi… laide? Est-ce la faute de Merab?

— C'est sûrement la faute de ce sorcier, déclara l'enfant-lion. Sia ressemble à peine à un être humain. Lorsqu'elle vivait parmi les habitants des Deux-Terres, elle devait être moins repoussante. Si nous parvenons à la libérer et à regagner Memphis, il faudra la vêtir de manière à ce que personne ne voie son visage. En outre, il sera peut-être difficile de la faire entrer au palais…

Il y eut un bruit de branchages remués. L'ânesse rousse franchit un buisson et apparut sur la rive du petit lac. Lorsqu'elle aperçut Montu, elle poussa un braiment sonore et se précipita dans sa direction. Montu s'assit, mais n'eut guère le temps de soustraire son oreille au premier coup de langue de la bête.

— Arrête! cria-t-il. Je t'aime aussi, ma beauté, mais cesse de prendre mes oreilles pour des feuilles de laitue!

Montu se leva. Devant les yeux désespérés de l'ânesse, il plongea dans le lac. En émergeant de l'onde, il la menaça:

— Si tu continues, ma vieille, je vais rester ici!

En riant, Menna lança:

— N'empêche que tu avais raison lorsque tu as choisi cette bête, Montu. Elle était vraiment la plus vigoureuse de toutes! Tu lui dois la vie, mon ami. Tu pourrais au moins lui sacrifier une oreille.

— Si je suis forcé d'entendre des stupidités comme celles-là, je veux bien lui sacrifier mes deux oreilles, mon pauvre Menna!

— Si tu n'étais pas blessé, plaisanta le combattant, je te ferais boire toute l'eau de ce lac!

— Tu peux bien essayer, Menna! répliqua Montu en s'esclaffant. Mais, si j'étais toi, je me méfierais! Mon ânesse me vengerait!

Le garçon s'élança pour faire quelques brasses dans l'eau fraîche et vivifiante. Menna et Leonis étaient toujours couchés sur le sol herbeux. Le combattant sourit pour dire:

— Il est bon de voir qu'il n'a rien perdu de sa fougue et de son esprit... J'ai encore du mal à admettre que nous sommes parvenus à sortir vivants de cette aventure. Chaque nuit, depuis trois semaines, je fais de terribles cauchemars.

— Nous avons vécu des moments épouvantables, mon ami. La liberté est à peu de distance d'ici. Nous n'aurons qu'à franchir un autre grand rectangle de pierre pour rentrer à Memphis. Il ne nous reste qu'à découvrir la clé qui délivrera Sia.

— N'as-tu pas la moindre idée à propos de ce mystère, Leonis?

— Je n'ai encore rien trouvé, Menna. Nous avons cherché la source empoisonnée pendant des jours. Je crois que Sia a raison d'affirmer qu'elle n'existe pas. D'ailleurs, elle sait visiblement ce qu'a voulu dire Bastet en me parlant de cette source. J'aimerais que la déesse-chat m'apparaisse en rêve. D'habitude, c'est ainsi qu'elle procède pour s'entretenir avec moi. Seulement, elle ne vient pas…

— Nous finirons par trouver cette clé, assura Menna. Nous ne devons surtout pas prolonger trop longtemps notre séjour dans cette oasis. Nous avons quitté Thèbes il y a six semaines. En passant par le désert, nous aurons besoin de presque deux mois pour rallier Memphis. En ce moment, les gens du palais royal doivent drôlement s'inquiéter. Pharaon a sans doute envoyé quelqu'un d'autre à la recherche des trois prochains joyaux.

— À moins que le grand prêtre Ankhhaef n'ait révélé notre secret, ils ne savent pas qu'un puissant sorcier a rallié les rangs des adorateurs d'Apophis. Si Mykérinos a envoyé des hommes à la recherche du troisième coffre, je souhaite de tout mon cœur que ce sordide envoûteur ne soit pas intervenu dans leur quête. Il ne faudrait pas que Baka et ses hordes mettent la main sur un des coffres. Ce serait une chose terrible.

— En effet, dit Menna. Mais, pour le moment, nous ne pouvons rien faire, Leonis. Nous venons d'accomplir un exploit extra-ordinaire. Au fond de mon cœur, je ressens plus de fierté que d'inquiétude. Bien sûr, nous emporterons le récit de ces exploits dans nos tombeaux. Nous serions fous d'évoquer de tels prodiges devant les hommes. Mais, dorénavant, peu importe les épreuves que nous affronterons, nous saurons que tout est possible.

— Rien n'est plus vrai, mon ami, murmura Leonis. Que pourrions-nous expérimenter de plus éprouvant que la fureur du plus cruel des dieux ?

Menna ne répondit pas. Leonis ferma les paupières. Il s'imagina un instant dans les jardins du palais royal de Memphis. Dans combien de temps retrouverait-il sa demeure ? La belle Esa devait être très inquiète, à présent. Il la vit comme il l'avait vue le soir de leur dernière rencontre, avec sa perruque parée d'or qui encadrait son magnifique visage. Ce soir-là, elle portait une robe blanche et légère qui touchait presque le sol. Un collier de pétales stylisés ornait sa poitrine et une écharpe de fils d'or ceignait sa taille. Il vit la princesse lui sourire et il sentit son parfum qui était logé, comme un trésor, dans un coin de sa mémoire. Un monde le séparait de celle qu'il aimait. C'était le monde d'un dieu impétueux qui avait tenté de l'anéantir. C'était un monde de mort, de privations et d'horreurs. L'enfant-lion avait craint de ne plus jamais revoir Esa. Maintenant, il savait qu'il pourrait la retrouver au bout d'un autre exigeant périple à travers le désert. Mais le désert des hommes n'avait rien à voir avec le désert de Seth. Quand la prisonnière des dunes serait libérée, Leonis regagnerait la belle cité de Memphis en songeant à cet amour qui l'attendait au terme de ce voyage. L'amour d'Esa l'enhardirait, comme les étoiles réconfortaient depuis toujours les hommes des caravanes. Une brève question résonnait dans la tête du sauveur de l'Empire. Cette question lui était pénible, car elle se gonflait de toutes les incertitudes de l'univers. Cette question était... Quand?

LEXIQUE
DIEUX DE L'ÉGYPTE ANCIENNE

Apophis: Dans le mythe égyptien, le gigantesque serpent Apophis cherchait à annihiler le soleil Rê. Ennemi d'Osiris, Apophis était l'antithèse de la lumière, une incarnation des forces du chaos et du mal.

Bastet: Aucune déesse n'était aussi populaire que Bastet. Originellement, Bastet était une déesse-lionne. Elle abandonna toutefois sa férocité pour devenir une déesse à tête de chat. Si le lion était surtout associé au pouvoir et à la royauté, on considérait le chat comme l'incarnation d'un esprit familier. Il était présent dans les plus modestes demeures et c'est sans doute ce qui explique la popularité de Bastet. La déesse-chat, à l'instar de Sekhmet, était la fille du dieu-soleil Rê. Bastet annonçait la déesse grecque Artémis, divinité de la nature sauvage et de la chasse.

Benou: Selon la mythologie égyptienne, le soleil apparut pour la première fois sous la forme de l'oiseau Benou. Le Benou se brûlait de lui-même pour renaître de ses cendres. Il était donc un symbole de résurrection. À l'époque des pyramides, il était représenté par une bergeronnette jaune. Plus tard, dans le *Livre des Morts*, il prit les traits d'un héron cendré. Les Grecs assimilèrent le Benou au redoutable Phénix.

Isis: Épouse d'Osiris et mère du dieu-faucon Horus, Isis permit la résurrection de son époux assassiné par Seth. Elle était l'image de la mère idéale. Déesse bénéfique et nourricière, de nombreuses effigies la représentent offrant le sein à son fils Horus.

Hathor: Déesse représentée sous la forme d'une vache ou sous son apparence humaine, elle fut associée au dieu céleste et royal Horus. Sous l'aspect de nombreuses divinités, Hathor fut vénérée aux quatre coins de l'Égypte. Elle était la déesse de l'amour. Divinité nourricière et maternelle, on la considérait comme une protectrice des naissances et du renouveau. On lui attribuait aussi la joie, la danse et la musique. Hathor agissait également dans le royaume des Morts. Au moment de passer de vie à trépas, les gens souhaitaient que cette déesse les accompagne.

Horus: Dieu-faucon, fils d'Osiris et d'Isis, Horus était le dieu du ciel et l'incarnation de la royauté de droit divin. Successeur de son père, Horus représentait l'ordre universel, alors que Seth incarnait la force brutale et le chaos.

Maât: Déesse de la vérité et de la justice, Maât est le contraire de tout ce qui est sauvage, désordonné, destructeur et injuste. Elle était la mère de Rê dont elle était aussi la fille et l'épouse. (C'est une aberration, mais l'auteur n'invente rien!)

Osiris: La principale fonction d'Osiris était de régner sur le Monde inférieur. Dieu funéraire suprême et juge des morts, Osiris faisait partie des plus anciennes divinités égyptiennes. Il représentait la fertilité de la végétation et la fécondité. Il était ainsi l'opposé ou le complément de son frère Seth, divinité de la nuit et des déserts.

Rê: Le dieu-soleil. Durant la majeure partie de l'histoire égyptienne, il fut la manifestation du dieu suprême. Peu à peu, il devint la divinité du soleil levant et de la lumière. Il réglait le cours des heures, des jours, des mois, des années et des saisons. Il apporta l'ordre dans l'univers et rendit la vie possible. Tout pharaon devenait un fils de Rê, et chaque défunt était désigné comme Rê durant son voyage vers l'Autre Monde.

Sekhmet: Son nom signifie « la Puissante ». La déesse-lionne Sekhmet était une représentation de la déesse Hathor. Fille de Rê, elle était toujours présente aux côtés du pharaon durant ses batailles. Sekhmet envoyait aux hommes les guerres et les épidémies. Sous son aspect bénéfique, la déesse personnifiait la médecine et la chirurgie. Ses pouvoirs magiques lui permettaient de réaliser des guérisons miraculeuses.

Seth: Seth était la divinité des déserts, des ténèbres, des tempêtes et des orages. Dans le mythe osirien, il représentait le chaos et la force impétueuse. Il tua son frère Osiris et entama la lutte avec Horus. Malgré tout, il était considéré, à l'instar d'Horus, comme un protecteur du roi.

PHARAONS

Khéops (aux alentours de 2604 à 2581 av. J.-C.) : Deuxième roi de la IVe dynastie, il fut surnommé Khéops le Cruel. Il fit construire la première et la plus grande des trois pyramides de Gizeh. La littérature du Moyen Empire le dépeint comme un souverain sanguinaire et arrogant. De très récentes études tendent à prouver qu'il est le bâtisseur du grand sphinx de Gizeh que l'on attribuait auparavant à son fils Khéphren.

Djedefrê (de 2581 à 2572 av. J.-C.) : Ce fils de Khéops est presque inconnu. Il a édifié une pyramide à Abou Roach, au nord de Gizeh, mais il n'en reste presque rien. Probablement que son court règne ne lui aura pas permis d'achever son projet.

Khéphren (de 2572 à 2546 av. J.-C.) : Successeur de Djedefrê, ce pharaon était l'un des fils de Khéops et le bâtisseur de la deuxième pyramide du plateau de Gizeh. Il eut un règne prospère et paisible. La tradition rapportée par Hérodote désigne ce roi comme le digne successeur de son père, un pharaon tyrannique. Cependant, dans les sources égyptiennes, rien ne confirme cette théorie.

Bichéris (Baka) (de 2546 à 2539 av. J.-C.): L'un des fils de Djedefrê. Il n'a régné que peu de temps entre Khéphren et Mykérinos. Il entreprit la construction d'une grande pyramide à Zaouiet el-Aryan. On ne sait presque rien de lui. L'auteur de *Leonis* lui a décerné le rôle d'un roi déchu qui voue un culte à Apophis. La personnalité maléfique de Baka n'est que pure fiction.

Mykérinos (2539-2511 av. J.-C.): Souverain de la IVe dynastie de l'Ancien Empire. Fils de Khéphren, son règne fut paisible. Sa légitimité fut peut-être mise en cause par des aspirants qui régnèrent parallèlement avant qu'il ne parvienne à s'imposer. D'après les propos recueillis par l'historien Hérodote, Mykérinos fut un roi pieux, juste et bon qui n'approuvait pas la rigidité de ses prédécesseurs. Une inscription provenant de lui stipule: «Sa Majesté veut qu'aucun homme ne soit pris au travail forcé, mais que chacun travaille à sa satisfaction.» Son règne fut marqué par l'érection de la troisième pyramide du plateau de Gizeh. Mykérinos était particulièrement épris de sa grande épouse Khamerernebty. Celle-ci lui donna un enfant unique qui mourut très jeune. Selon Hérodote, il s'agissait d'une fille, mais certains égyptologues prétendent que c'était un garçon. On ne connaîtra sans doute jamais le nom de cet enfant. La princesse Esa que rencontre Leonis est un personnage fictif.